あ〜下ろしたいな〜
妻と嫁の看板を

T・M

JN166518

文芸社

私は、四階のマンションの台所で椅子に座ってボーっとしながらお茶を飲んでいた。あれから一ヶ月近くがたち、毎日忙しいのに立直れないでいる。あれは、夢だったのか。誰かがいれば気がまぎれるが、一人になると体が震えてくる。毎日が怖い！悪夢を見ているようで。眠ると姑の夢を見る。毎夜うなされて目が覚める。怖い！怖い！怖い！

誰か「助けて！」と叫びそうになる。でも誰も助けてはくれない。気が狂いそうだ。後悔ばかりで、毎日が辛く何も出来ない。時折「死にたい」と考える事もある。自自が姑を殺してしまったのではないか。

いつか忘れられるのか？「いつ？」「後何年？」「後何十年？」忘れて楽しく過ごせる日が来るのか？それはそんな夢のような日は来るのか？あれは夢だったと、誰かに言って欲しい。

私は、農家の長男の「嫁」になる事になった。気のすすまぬ結婚だったが、話がどんどん進んで行く。

結婚相手の男性は、農家の長男だったが、本人は実家を出てサラリーマンをしていたので、農業の事は頭になかったし、手伝うと言う事も話の中には出てこなかったので、別にそれについて考える事もなかった。相手の男性と何回か会う内に別段気を遣う相手でもなさそうだった。ただ、結婚ってこんな形で決まって行くのかと思い悩む事もあったが……。

相手は、長男なので式は挙げる事になったが、私の方では「別に式はやらなくても良い」と父親が言っていたのに、相手の母親が煩いため結局、式は挙げる事になってしまった。

式場は、相手とこちらの中間の場所でする事になり、二人で式場に行きプランを立てたが、ケチな相手は式にお金を掛けるのはもったいないと言い出し決めたのは、パックになっていて、招待客は六十名、打掛やお色直しのドレスは、ここからここまでと決まっていた。式用の着物や打掛はそこそこだったが、お色直しのドレスは種類が少なく、私は色物にしたかったのに相手は「白じゃなくちゃ駄目だ！」と言う。お色直しのドレスは本来色物を着るものなのだが、相手は何も知らず「白」にこだわる。薄汚れたような「白」で安物らしき物ばかりの中から決めなくてはならず、花嫁の夢は、夢で終わってしまう。

次は、引き出物選び。二人で考えて荷物にならないように、軽い物で普段使って貰える物に決めた。

招待客の人数は、半分ずつにする事にしていたのに、相手の親は、長男の結婚だからと、あの人もこの人もと言い出し、相手方だけで六十名になってしまった。それには私の父親が怒り、「こっちも招待したい人数がそれなりにいる!」と私に怒鳴る。相手の母親は長男がホテルで式を挙げることが自慢らしく、大勢を招待したがった。

相手に「私の方も最低でも、二、三十名は招待したい人がいるからもっと減らして欲しい、人数を増やすなら一人増える度に掛かる代金はそちらで出して欲しい」と話したが、結局半分ずつの招待はかなわず私の方は二十名にされ友人を減らして調整するしかなかった。

結婚式とは面倒な事ばかりだ。

引き出物も二人ですでに決めていたのに相手の母親が、どうしてもお頭付きの折り詰を付けると言い出した。式場からは「そう言う事は出来ない事になっているのですが」との返事だったのに、押しの強い人らしく引き下がらない。結局、式場がおれてお頭付きの折り詰を付ける事になった。「私の方は折り詰は付けないで下さい」と言って相手の方も「分かった」と言うので安心した。

この時「農家の長男の嫁になるのは大変なんだなぁ～」と感じ始めた。

式場で打ち合わせのある度に相手の両親がやって来る。母親は口煩いだけでなく、式場で待っている間、いつも紅茶とプチケーキが出て、私達が残したプチケーキを、いつも、その母親は「もったいない」と言って周りをキョロキョロと見て「サッ！」と自分のバッグに入れる、慣れた手つきで……。毎回そうだった。それが意地汚く見えてこの人が姑になるのだと思うと「ゾッ！」とした。式場での打ち合わせの度に、どんどんこの結婚を止めたいと思うようになっていった。

私は、実家では「この結婚は嫌だ！」と泣いたが、父親は「仕方ないだろう、ここまで決まってしまったんだから」と言う。私は「初めから嫌だって言ってたでしょ！」と、また泣いた。「結婚をしたら不幸になると思う！」と何度も言っては泣いた。

私には結婚を約束した人がいたが、いざ結婚となると迷う彼の姿を見ているのが辛く、一方的に別れてしまった。心残りがありながら他の人と結婚する事が中途半端な人間になってしまっているようだった。

父親は、六十歳の時に脳梗塞で倒れてから自営業の仕事を辞めていた。医師から「今度倒れたら命の保証はない」と言われていたので、家族は爆弾を抱えたようで、父親の言う事に反対する者は誰もいない、と言うより出来なかった。

昭和五十三年三月、私は二十八歳で式を挙げた。次の日から夫は仕事に行ったが、私は一日休みをもらって家にいた所、母親から電話があり「引き出物がお前が言っていた物と違う！　折り詰もいらないと言ってあったのに全員に渡っている！　どうなっているの！　すぐ来なさい！」と言われ、とりあえず実家へと急いだ。引き出物は、軽い物ではなく鍋に変わっていた。折り詰もあった。私は何が何だかわけが分からず、式場に電話をしてみたら、私達が決めた翌日に相手の母親が行って勝手に変更していたのだ。「折り詰も全員分渡すと聞いておりましたが」と言われた。その事を両親に話すと、母親は「我々を何だと思っているんだ！」と怒り、父親も「何様だと思っているんだ！」と怒っている。私は「だから初めからこの結婚は嫌だと言っていたでしょ！」と怒った。

そう言えば、相手方の親戚代表の祝辞も「私は、挨拶を頼まれましたが、本人と会うのは今日が初めてで、何を話していいのか分かりませんが、とにかく、おめでとうございます」と言っていたっけ。すべて姑の見栄のためだったのだ！　滑稽だ！　思いっきり皆の前で恥さらしに合っている事に気が付いていない姑。

夫が帰って来たので、引き出物の話をすると「知ってたけど？」言うと面倒だから黙っていた」と言う。

「その時言わないで後で揉めるのは、もっと嫌じゃないの？」と言うと「終わってしまえばこっちのものだ！」と言ってのけた。親子揃っていい加減だ！

それに結婚した次の日から夫が指輪をしていない。どうしたのだろう？　きっと結婚している事が他人に分かるのが嫌なのだろうかと思い、夜帰って来てから聞いてみたら「俺はしないから」と言う。「えっ！」と言葉が出ない。やっと出た言葉は「そう、じゃあ私もしないから」だった。指輪をはずし夫に渡した。「俺はいらないよ」と言うので「あなたが買ったんでしょ？　私もいらないから！　今日から夫婦じゃなくなったわね！　同居人ね」と言ってやった。夫は、少しためらっていたが、黙って指輪をしまった。どんな気持ちなのだろう。

式が終わって一週間位した頃、仕事から帰ると、夫の両親が来た形跡があった。お茶を飲んだ後がある。飲んでもいいけれど片付けぐらいしてくれればいいのに！　と腹が立ったが、「どうやって部屋に入ったのだろう？」まさか夫が鍵を渡してあったのか？

テーブルの上のメモ用紙に「今度の日曜日に着物を着て両親と来るように」と書いてある。着物は、私の持って来た物を見たのだろう、詳しく付け下げ着物の指示まで書いてある。式に来て貰えなかった近所の人達を呼んでお披露目をすると書いてあった。

私達は、式を挙げてもそれはただの「形式」だと言う夫。籍も入れてもらえず、私の籍は、宙に浮いたままになっている。そんな関係なのに、長男の嫁としてお披露目されると言うのは何だか納得がいかない。夜、夫に話すと「親は何も知らないんだから行って来い」と言う。この人は何を考えているのだろうか？　納得は行かないが翌日仕事が終わってから実家に電話をして母親に話すと「お母さんは、何着て行こうか？」と言うので「紋付の無地にしたら？　お父さんは行かなくていいから。お願いします」と言ったら「お前も苦労するね」と言った。結婚する前からそんな事分かっていたじゃない！　と腹が立つ。

母親には、前日に来てもらっていた。当日の朝七時頃舅が車で迎えに来た。迎えに来てくれるとは聞いていたが、時間を教えられておらず、まさか七時に来るとは思ってもいなかったのでビックリした。急いで食事の片付けをし、歯を磨いて母親の髪をセットし着付けをした。私はワンピースを着ていって向こうで着物に着替える事にしていたので、小さいバッグと着物や小物を入れたバッグにエプロンを持って出掛けた。何故だか夫は行かない。これが農家の長男の嫁としてのデビューなのか？　舅の車で夫の実家へ初めて行くので、どんな所なのかと興味もあったが心細さもある。夫の実家へ向かっていたのだが、どんどん人気のない所へと走って行く。その内、一本道で両側は高い木々が生い茂っているところに出た。ここは日本なのかと初めて見る景色にビックリした。母親が私に声を掛けたが聞こえない振りをした。母親と話すと何を言い出すか分からないので。

車で二時間程してやっと着いた。夫の実家はかなり古びていて「これで、人間が住めるのだろうか?」と思う程の家だった。着いてすぐにエプロンをして台所へ行くと、片隅に手作りしたらしい流し台とガスコンロがあるだけで、後はゴミの山だった。座る所もなく家の中なのに靴を履きたくなる程の汚さだった。一度も掃除した事がないようだ。

近所の方がお手伝いに来て下さっていたが、姑がいないので一人で自己紹介して「宜しくお願いします」と頭を下げた。みなさん、良い方ばかりで「お嫁さんがこんなに早く来て、台所の手伝いするなんて?」と言われてしまった。今まではそんな事はなかったようだ。何をしたら良いのか分からず、ウロウロしていたら姑が入って来て、大鍋にいっぱい茹でたほうれん草を切るように言われ、茎も葉もバラバラになっているので茎を綺麗に揃えて切った。お皿が無いので姑に言うとまな板の上に置いておくように言われそのままにしておいたら、お手伝いに来て下さった方達が「あら〜綺麗に切って、大変だったでしょう」とか「美味しそうに見えるね〜」等言ってくれたのだが、姑がそれを全部鍋に戻してバラバラにかき混ぜている。それを見た私は「何て事を！」と声も出せず涙が出るだけ、ポロポロと……。母親に「帰る！」と言ったら「お前の気持ちは分かるけど……。」と母親も絶句していた。意地の悪さもそこまでやると、もう人間とは思えず、鬼にしか見えなかった。その後台所で近所の人がポテトサラダにマヨネーズとお砂糖を入れている。私はビックリして「お砂糖を入れるんですか？」と聞いたら「美味しいよ食べてごらん」と手の平に乗せて食べてみて「あっ！　喫茶店で食べる味だ！」と言ったら笑っている「美味しいでしょう」と。その後煮物は味が濃く「体に悪そうだ」と思った。時間になり襖を閉め髪をセットし着物に着替えると近所の方達が席に着くと姑から「お前も下座に座れ！」と言われた。舅が「これが、長男の嫁です」と挨拶する。私は、手を付いて頭を下げ何も言わなかった。私の席はなく、よく見るとテーブルの上に何もない一人座れるスペースがあったので母親の隣にそこへ座った。その内、姑がお酒の入った一升瓶を持って来て「一人一人に挨拶しろ」と言った。重い瓶を持って一人一人の湯呑茶碗にお酒を注ぎ終わってようやく自分の席へ戻ったが、食べ物が何もないので母親が自分の分を半分食べるようにと言った。母親は「この家は嫁には何も食べさせないのか！」と怒っていたが「お母さん！　いいから」と着物の袖を引っ張り母親から少し貰って食べた。苦い味がした。「食べたい物を食べなさいよ、お前も働いたんだからね」と皆に聞こえる様に大きな声で言う。私は、食べる事よりも、少しでも早く帰りたかった。席には姑はおらず、舅はお酒を飲んで嬉しそうにしている。

この家は何かバラバラな家族だと感じる。

私は、母親に「帰るわよ」と言って「申し訳ありません。明日、仕事なのでこれで失礼します」と言って帰り支度をしていたら、舅が「車で送って行く」と言う。「アルコールを飲んでいるんじゃないですか?」と言うと「あの位、どうって事ないさ」と車を出して下さった。舅は、何も言わず運転している。残った姑は嫁がいなくなって、どうしているだろう? きっと腹が立って仕方ないだろうと思うと、ちょっと笑いたくなる。「嫁」「姑」のバトル。

アパート近くで下してもらったら、母親は部屋の方へ歩き始めたので、私は「ちょっとお母さん!」と言ってラーメン屋さんの店を指差すと、母親は「あ〜」と言う顔をした。二人でラーメンを食べに行った。「あ〜美味しかった!」とつい声が出てしまった。母親も「今日は、ここが一番美味しいね!」と笑った。代金を支払い、二人で笑いながらアパートの部屋に帰ったら、夫はテレビを見ながら寝ているようだった。母親の帯を取ってあげてから自分も着物から洋服になり「あ〜楽だ〜!」

と言って大きく伸びをしたら夫がビックリして起きた。「もう帰って来たの?」との声に、母親は怒って「ずい分酷い親だね! 娘に台所の手伝いをさせたり、一人一人、一升瓶を持ってお酌をさせられたりしたのに娘の席はないし、食べ物もないし、ただ働かせて」と文句を言った。「お母さん、もういいわよ!」と言ったら母親は「お前はお人良しなんだから!」と怒って帰って行った。残された私は知らん顔してお茶を入れて飲んでいたら「俺の分は?」と言う。「飲みたかったら自分で入れれば!」と私。夫はお茶を飲みながら「夕飯は何?」と聞いたので「まだ私を働かせるつもり?」と怒った。「あんなに朝早く迎えに来て! 知っていたなら言ってくれればいいじゃない! 自分の親なんだから、嫁である私に何をさせるか位分かっていたんじゃ~ないの!」と怒鳴ったが、夫は黙って出掛けてしまった。いつもいつも大事な事は何も言わない人だ!。

お風呂を沸かして入り「あ~あっ!」と手足を伸ばして浴槽に入った。体が楽になる。ストレスもなくなる。お風呂から出たらお腹が空いたので、冷凍ご飯を使ってチャーハンを作り、味噌汁も作って食べた。「あ~美味しい!」と声が出る。夫はまだ帰って来ないので一人で先に布団に入り寝てしまった。かなり疲れていたのか?目が覚めたら朝になっていた。

「あ～又、一日が始まる」と思いながら起きて、毎朝決まったように自分のお弁当を作る。一日の食費を節約する為に。朝食の準備をして化粧をしていると、ようやく夫がモソモソと起きて来る。会話は何もない。夫に昨日の事を話したら何と言うだろうか？　でも、今は何も言わないでおこう。いつか、機会があったら話してみようと思った。

黙って食事をし私が洗い物や身支度をしていると、夫は黙って自分も支度をし黙って出掛けて行った。毎日そうだ！「行って来ます」も言わないで黙って出掛けて行く。私も溜息をつきながら一人で黙って出掛けて行く……。

その二、三日後又、姑達はアパートの部屋に来ていた。飲みかけのお茶の道具が置きっぱなしになっているし、お菓子を食べてゴミも片付けずテーブルの上に散らかっている。「又か！」と疲れた体で後片付けをする。夫は結婚して、二、三日は早く帰って来ていたが、ずるずると帰る日が遅くなり、夕飯も食べなくなり、私が寝た後にやっと帰って来るようになった。夫は一人暮らしが長かったせいか、二人の生活になじめずにいたようだ。私は一人で一人分の食事の支度をし、一人で食べる。何のための結婚だったのかと、夢も希望も持てなくなっていた。

春、陽気も良くなって来た。「もうすぐ土曜日だ～！　休みは何をしようかな？」

と考えていたその日、夫が早く帰って来た。又、台所に立ち夫のための食事の支度をする。「早く帰って家で食べるなら連絡ぐらいしてくれればいいのに！」と思いながら腹立たしく作り夫に差し出す。何も言わずに食べている。後片付けをして果物を持って食卓に置いた時、夫が突然「今度の土、日は、実家の田植えで手伝いに行くから」と言った。一人で行くのかと思っていたら「お前も一緒だからな！」と言う言葉に「えっ！　私、田植えなんてやった事ないから行かない」と言うと「親が二人で来いと言ってるんだから仕方ないだろう」と言う。「私達、夫婦だったたっけ？」と言ってみたら、夫は「えっ！」と私の顔を見て「何言ってるんだ！　まだ怒っているのか！」と吠える。仕方ない！　でも、私の籍はまだ宙に浮いたままなのに！　何を考えているのだろうと感心する。又、農家の長男の嫁か！　と肩が落ちる。夫が急に「もう、籍は入れてあるぞ！　届けは出したからな！」と言う。「誰が書いて、誰と出しに行ったの？」と聞いても何も言わない。そんな事ってあるのだろうか？「勝手な事をして、籍が入っていないのなら出て行こう」と思っていたのに！

当日、仕方がない！　と言う思いで派手に見えないように気を遣った、黒っぽいTシャツと黒のジャージのズボンを持って行く。夫は自分の分は実家にあると言うので、二人分の着替えをバッグに詰めて持って行った。着くとすぐに「田植えだ！」と言われ、急いで着替えて行こうとしたら、姑に「そんな恰好みっともない」と言われ、姑の地味なブラウスともんぺを渡される。それは、いつ洗ったのかと思う程汚れ、臭かった。夫に待ってもらい、急いで着替えながらも涙が出た。「長男の嫁か！」と心に言い。二人で田植えの手伝いに行った。夫は広い所を手で植えている「えっ！今でも機械じゃ～なくて手で植えているの？」とビックリした。私は、狭い方の田んぼに姑に教えてもらい産まれて初めての田植えをした。「お義母さん、これで大丈夫ですか？」と聞くと「ああっ！」と憎らしそうに返事をする。初めての田植えなのにきちんと出来た事が気にいらないようだ。

「心の狭い人だ……」と思った。長靴を履いて朝から昼まで田植えをやった。時々、ご近所の人が「嫁さんも手伝いかい？　偉いねぇ～」と声を掛けて下さったり「若いのにそんな地味な恰好して、若いんだからうちの娘のように赤い服でも着ればいいのによ～」とも言われて「あっ！　はい」と答えて又、田植えを続ける。

昼近くになったのか姑は家に帰って行った。暫くして「昼飯だ～」との声で皆手を止め家に帰る。海苔のない塩むすびと漬物だけ。「えっ！　これだけ？」と思いながら塩辛いおにぎりを食べた。食べ終わると片付けもせず、皆横になって昼寝をする。食べてすぐ横になる習慣のない私は、どうして良いやら分からなかった。

少し休んで又、田植えが始まったが姑は「息子には近所の農家の嫁を貰うつもりでいたのに！　勝手に決めやがって！　次男には、近所の農家の嫁さんを貰うんだ！」と何回もブツブツと言っていた。私は「あ～嫌われているのね！」と思いながら慣れない田植えを開始した。三時のおやつの時間になると地べたにポットと湯呑とお菓子を置いて食べている。私は立ち上がろうとして「い、た、た、た、たー」と腰を伸ばしみんなのいる所へ歩いたが、何か汚い気がして、お茶を一杯だけ飲んで「トイレへ行って来ます」とその場を離れ、家に帰り井戸水をゴクゴクと飲んだ。「あー美味しい」と言って、その後トイレを済ませ又、皆の所へ戻り、夕方まで田植え。でもなかなか進まない。「もう何時間やっているのだろうか？」と考えながら必死で田植えをするが、姑はやっている振りをしているだけな気がする。狡い！　夕方になると姑が皆より少し早めに上がって行った。きっと夕飯の支度をしに帰ったのだろうと心が躍る。日も暮れ始めたので舅の「今日は、ここまでにしておこう」の声で立ち上がったら、腰が痛い！　足も痛い！　夢中でやっていたので痛さに気付かなかった。「いた！　たたた～」と言ったら、舅が笑って「頑張りすぎたなぁ～」と言って又、笑っている。夫は何も言わず、一人でサッサと歩いて先に帰って行った。「これが、農家の長男の嫁なのか」と実感する。悔しい！　夫の後ろ姿を睨みつけた。「こんな事なら早く言ってくれればいいのに……」と。「高校の時、部活で鍛えた体！　ちょっとやそっとでへこたれない！」と思っていたが、中腰の田植えはかなりきつかった。高校時代の部活はかなりきつく、ちょっと失敗するとすぐ、うさぎ飛びをさせられたり、腕たせ伏せを百回やらされたり、腹筋も百回はやっていたり、真夏の合宿はフラフラになる程きつかったが、田植えの中腰はもっと辛かった。重い足を引きずりながら歩く。少しの登り坂でも歩くのが大変だった。やっと家に着いて手を洗い、姑のいる台所の手伝いをしようと思ったら「もう、いい！」と言われてどうして良いのやら、どこに立っていたらいいのかも分からない。舅、夫の順でお風呂に入って冷たいビールを飲んでいる。私もお風呂に入りたいが「入って良い」とは誰も言ってくれない。私だって冷たいビールが飲みたい！　喉が鳴る。

食事をしようとしたら、姑から「嫁の分は用意してないから何もないよ！　あっちへ行け！」と言われ、三人だけで食べている。それでも夫は何も言ってくれない。私は、台所にあるご飯に味噌汁を掛けて食べた。涙が出て来る。嫁がこんな思いをしているのに夫は何も感じないのかと……。又、「これが農家の長男の嫁なのか！」と思い知る。

味噌汁掛けご飯を食べながら「早く帰りたい」と、涙がポロポロ流れて来る。それなのに夫は何も言ってくれない。

夜、寝る時間になると姑が奥でガサゴソと何かをやっている。分厚いマットレスを持って来た。私は夫に「私、マットレス嫌だな～」と小声で言ったら「俺もだ」と言い「母ちゃん！　マットレスいらないから」と大声で叫ぶと「せっかく買ったのに！」と怒ってブツブツ言いながらマットレスを片付け、やっと布団を敷いて床に就いた。しばらくすると、この家はトイレが外にあるため、舅が懐中電灯を持って来て「夜中にトイレに行きたくなったら、これを使え」と置いてくれたが布団に入ってすぐ寝てしまい、目が覚めたら朝になっていた。結局お風呂には入れなかった。農家の朝は早い。皆五時には起きた。疲れた体を無理矢理起こして服に着替えた。

昨日の服だ！　洗濯はしない家のようだ。夫も服の山から自分が昨日着ていた服を引っ張り出して着ている、当たり前のように。汗臭いし、汚い……と思った。

朝食は、味噌汁と漬物とご飯だけ。何か貧しさを感じる。私の子供の頃の食事より貧しさを感じ、別世界にいるような気がする。

又、朝から田植え。そんなに広くないのに、手植えなので時間がかかる。なかなか進まない。

昨日の疲れがとれないまま始まったのでペースは遅くなる。コツは分かったが、辛い修行のようだ。今日の昼も又、塩むすびと味噌汁、漬物だけだったが、空腹なので美味しく感じたが、汗臭い。

夕方、日の暮れる前に「今日は、ここまでにしておこう」と舅の声。有り難い声に聞こえた。

私達は帰るつもりでいたのに、後一日残って欲しいと言い出した。私は「明日、仕事があるので休めないから今日帰ります」と言ったが、夫は「残る」と言う。初めから分かっていたようだ。そこへ夫の従兄弟が車でお米や野菜を取りに来た。夫と残る残らないと言い合っている所だったので、その従兄弟が「嫁さん送って行こうか?」と言ってくれたので「お願いします」と言って急いで着替えて何も食べずに帰ることにした。

その従兄弟が「夕飯まだでしょ? 腹減っているんじゃない?」と聞いてきたが「大丈夫です」と返事をして車の中で寝てしまった。かなり疲れていた。二時間程でアパートに着き「有り難うございました」と礼を言って階段を登ろうとしたが、足が痛くて一段一段やっと歩いて部屋に入り、大の字になった。「あ～あっ!」と声が出てしまった。疲れた～。

これが農家の長男の嫁としてのデビューのような気がした。お風呂に入って汚れを落とし、髪を洗ってサッパリする。前々日の残っていたおかずで空腹を満たす。自分で作った味噌汁が美味しかった。

夜、布団に入って「これが、農家の嫁なのか！」と嘆く。失敗だったのかこの結婚！

（今は、こんな事はあまりないと思うが、昔はこんな感じだったのか？）

アパートを出ようか？　夫が帰る前に……。そんな事を考えながら眠りに就いた。

朝、目が覚めると体中が痛い！　昨日までは何でもなかったのに。食事の支度をするのも辛い！　仕事へ行くのも辛い！　だが仕事も忙しい時で休む訳にもいかず、疲れた足を引きずるように出勤し、やっと事務所に着いたが、仕事場は二階にあり階段が行く手を阻む。一歩一歩やっとの思いで事務所に入って行った。その姿を見た皆に「どうしたの？」と言われてしまった。顔色も悪かったらしく心配してくれる。同僚に「大丈夫。土日で夫の実家の田植えの手伝いをしてきたから、慣れなくてちょっと筋肉痛」と言うと「長男の嫁は大変だね～」と言われてしまった。

仕事をしようと思ったら手が痛くてボールペンが持てない。そろばんもいつものペースで出来ない程、あっちこっち筋肉痛で手に力が入らず、歩くと、太股やふくらはぎも痛く一歩一歩そ～と歩くほど。皆に「ロボットみたい」と笑われてしまった。

自分でもその様子が可笑しくて笑うと、今度はお腹が痛い。家では一人きりだったので話す相手もいないから、笑う相手もいなかったので、こんなに筋肉痛になっているとは思わなかった。もう、嫌だ！　次に又、田植えの話があっても絶対断ろうと思った。

結婚したのに一人暮らしをしているみたいな日々。「やっぱりアパートを出よう」「今日こそは、出て行こう」としたその日の夜に限り、夫が早く帰ってきてしまい失敗に終わった。

八月になり、胸がムカムカする。体がだるい。暑さの為かと思っていたが、ご飯を炊いているとその匂いで気持ちが悪くなり、胃が悪いのかと内科へ行ってみた。名前を呼ばれて先生と話していたら、先生が笑いながら「来る所が違いますよ」とおっしゃる。「?」と思っていると先生は「きっとおめでただと思いますよ」と言われ、「あっ！　そうですか」と恥ずかしくなってしまった。今度は、産婦人科へ行くと、先生に「もう、四ヶ月目に入りますよ！」と怒られてしまった。

あの日、私が寝ている時夜中に夫が帰って来て、寝ている私を相手に自分の欲求を満たしたらしい日があった。朝起きて下着がなく、腹だたしい思いをした事があった。あの時の子か？　悔しい！

夫が帰って来たのでその話をしたが、喜ぶ事もなく黙っている。いつ、どこで連絡したのか？　姑達が日曜日にやって来て「子供が生まれたら、この名前にしろ！」と男の子の名前が書いてあるメモ用紙を渡された。「お義母さん、まだ男の子か女の子か分からないですよ」と笑ったら、「女しか産めない嫁は、家にはいらないから出て行け！」と言う。夫の実家は何代もの間女系で養子をとってきたが、姑の時にようやく男の子を産んだためそれを誇らしく思っていたようだ。私は、心の中で「絶対女の子が生まれますように！」と祈った。

田植えも終わりやれやれと思っていたら、今度は「草刈に来い！」と言う。「私は一人身じゃないので行けません」と言うと、「おれは、子供を産むまでやっていたと言うではないか。「私も働いているので草刈は二人でやって下さい！　いつまでも子供に頼らないで下さい！　自分達で出来ないのなら、田んぼを売るか貸すなりしたらどうですか？　私達も、自分の生活でいっぱいなんです」とつい言ってしまった。だってまだ姑も舅も五十代。普通ならバリバリ仕事をしている年だと思う。すると姑は、「今の嫁は！」と怒り出し、私達に持って来た「お米の代金を払え！」と言い出した。「米も、野菜もただじゃないんだ！」と代金を欲しがる。「支払うお金はないです」と言うと、持って来たお米も野菜もすべて持って帰った。姑は何かと言うと「今の嫁は！」とか「生意気だ！」とすぐに言う。「嫁！　嫁！」と煩い。「私は嫁に来たのではなく結婚しただけだ！」と、心の中で毒づく私。だんだん人が変わって行くような自分が嫌だった。

稲刈りの時期になると又、二人で来るように連絡があったと夫が言う。私は、妊娠四か月になってもまだ仕事をしていたので行きたくなかったが、夫が「お前も一緒に行くんだからな！」と怒るので仕方なく行く事にした。又、泊まりがけだと言う。

当日、舅が又、車で迎えに来た。荷物を持って二人で行ったが、もう半分以上終わっていた。近くの人達と共同でやって「他の家は終わって、うちの所で終わりだ」と言う。それなら来なくても良いではないか！「又、見栄か！」と腹が立つ。夫は稲刈りへ、私は台所で夕食に近所の人達と食事をする事になっているからと、あれこれと作るように言われた。「エビフライが冷蔵庫に入っているから」と言われ、出してみたらくさっているようで臭い！　エビフライが悪くなっているようだと姑に話すと「煩い！　家にはそんな悪い物はない！　ちゃんと冷蔵庫に入れてあっただろう！」と怒鳴る。「あれは、冷凍しておかなくてはいけない物です」と言い返すと、「煩い！黙って言われた通り作ればいいんだ！」と又、怒鳴る。きびすをかえした背中に「嫁は黙って姑の言う通りにしろ」と書いてあるかのように見えた。

私は、来年からは子供が産まれるから手伝いにはもう来られないと、今回が最後になるからと思い台所に立った。が、お腹が脹る感じがして横になった。何だろうこの結婚生活は？　人手を増やすために息子を結婚させたのか？　でも私は「嫌われている」と感じる。「東京者に何が出来る！」と口癖のように言う姑。でも舅はどこか優しさがある寡黙な人に見えるが、姑が養子と思って威張っているから寡黙なのか？　私が横になっていると、姑が様子を見に来た。「何している」と怒った声で言っているので、「ちょっとお腹が脹る感じがあったので……」と答えると、障子を全部ピシャ！　ピシャ！　と閉めて最後の一枚を閉める時「おれは子供が産まれるまで働いた！」と言ってピシャ！　と閉めた。「ドキッ！」とした。何て心ない人なのか？　体の心配はしてくれないのか。何であんな人と結婚してしまったのか？　涙が出て来た。こんなはずではなかったと……。結婚生活の夢は悉く崩れて行く。

お腹の脹りが治まって来たので又、台所へ立つが、まだ九月の初めなのに足元が冷える。スリッパもないので靴下をもう一枚履いてどんどん作りテーブルに並べて行く。

その頃、稲刈りが終わり皆帰って来た。舅、夫と順にお風呂へ入り近所の人達もさっぱりしてやって来た。ビールを飲みながらの食事が始まった。

私は、田植えの時に食べ物がなく味噌汁掛けご飯を食べた事を思い出し、自分の分を少しお皿に分けておいたので「今回は、食べられる」と思って安心していた。テーブルに全部並べ、「さて食べるか」と思ってお皿を見たら、自分用に取り分けておいたお皿がない。「あれ?」と思って探したら全部ゴミ箱に捨ててあった。「えっ!」と声も出ない。姑か! 人間は怒りが頂点に達すると震えて来る。「どうして!」と嘆く。どうしてこんな意地悪が出来るんだろう? 又、味噌汁掛けご飯を食べる。お腹の子供のために! 涙が流れる。

泊まるはずだったが、帰りたくなった。夫を呼んで「私、帰る!」と言うと「どうして? 泊まるんだろう?」と言う。「私は帰るから、車を出して、駅まで送って」「お前が帰るなら俺も帰る」と怒鳴る。

二人で帰る支度をしていたら舅が「帰るのか?」と言って、車でアパートまで送ってくれた。「すいませんでした、お義父さん」と頭を下げると「いいから、いいから」と言って帰って行った。部屋に入ると夫は怒って寝転がっている。でも、私が何故急に帰ると言ったのかは聞かない。私は黙って台所に立ち食事の支度をしてテーブルに持って行ったが、夫はふて腐れて寝ている。又、一人で食べ、片付けた。私もようやくお風呂に入り又「あ~あっ!」と声が出る。何回こんな事をしているのだろう。結婚してお風呂場で「あ～あっ！」の言葉が口癖になってしまった。「嫁か！」と嘆く。私は「妻」になった覚えはあるが「嫁」になった覚えはないと思うが、それでも「長男の嫁」と言われる事が嫌いだった。

夫の家は、分家でそれ程裕福な暮らしをしているように思えない。それなのに何かと言うとすぐ「長男の嫁」だからと言って来る。世間には見栄を張っている事は良く分かる。でも、少ない田んぼだけだし、収入も知れている。後は二人でブラブラしているから、お金が足りなくなると私達の所へやって来る。それでも足りない時は、舅が短期の仕事をしているようだが長続きしない。ブラブラしている事に慣れているから……。

お風呂から出ると、夫は食事をしたらしく、洗い物だけ流しにあった。が夫はもう、布団を自分のだけ敷いて寝ている。私の布団はいつも食事する部屋に置いてある。「あ～今日は、同じ部屋に寝たくないのね！」と思い、食器を洗って歯を磨き、夫が寝ている所で何故私が帰りたかったかを話した。「あなたは、私が側にいない事に違和感なかった！」と聞いてみたが身動きもしない。「田植えの時も私の分だけ夕飯がなくて台所でみそ汁掛けご飯を泣きながら食べたのよ？　気が付かなかった？」聞こえているはずなのに！　……。いつも大事な話は知らん顔している。

私は、出産の時は実家へ帰る事にしていたので、産婦人科も実家の近くへ通っていた。

私の妊娠が分かった時、父親が「お前、大丈夫か？」と聞いた。「うん」と答えたが、「大丈夫じゃない」とは言えなかった。父親の体が心配で。

産婦人科へは月一回行くのだが、保険が使えないため一回四千円かかるのは、今の私達には痛い出費だ。私のお給料は全額預金し、夫の収入だけで生活していたが、家賃が三万円なのに、夫は小使いを三万円欲しいと我がままを言った。公共料金、税金、国民保健、年金等を支払うと手元に残るのは、わずかだった。「預金には絶対手を付けるな！」と言われていたので、一日使うお金は五百円と決めていて、私は、会社へはお弁当を持って行っていたので、ほとんど自分のために使うお金はない。化粧品代位で、洋服は結婚以来買った事がない。妊娠してからは、妊婦用の服は友人から借りていたので助かった。おむつや肌着は全部自分で作った。退院時に使うおくるみも編んで裏布はネル生地にして自分で作った。ベビーベッドやその他もろもろの物も全部友人に借りていたので大助かりだ。

切り詰めても給料日近くになるとお金が足りなくなる。夫に話すと、五千円出してくれたが、給料日に自分が使うお金と、借りた五千円を差し引かれて渡される。渡すと言うより投げる。ポン！　とテーブルに投げる。通勤の定期を買う時は、何の相談もなく三ヶ月分とか半年分をまとめて買うので残るお金は、わずかな額だった。そして夫は家計簿をチェックする。預金がちゃんとしてあるか？　通帳を見て手をつけていない事を確認して納得する。ボーナスは全額預金をする。何をどう見ているのか？どれだけ大変な思いでやりくりしているのかはチェックせず、時々「？」マークがあると「これは何だ！　買った物も分からないのか！」と怒鳴る。「それは、お前の母親が盗んだお金だ！」と言いたい所だが「グッ！」と我慢する。

金銭的にも縛られ、結婚しても一人で生活しているような事ばかりだ。仕事に行っている時はいいが、帰って来ても誰もいない。夫は夜中まで帰って来ない。夕食も一人で食べる。寝る時も一人。話す相手もいない。でも朝、起きると夫が寝ている。いつ帰ったのかも分からない。帰りが遅いからお風呂には入らない。ワイシャツも下着も取り替えない。何日もお風呂へ入らないから悪臭がする。そんな生活が辛かった。

夫は私に無関心。姑は「長男の嫁」と我がままを言う。お腹の赤ちゃんが男の子か女の子かで今後の私の生活も変わるはず。心の中で「女の子でありますように！」と願っていた。女の子なら「妻」と「嫁」の立場がなくなり、一人でホッ！　とできるだろう。男の子だったら又、煩い事を言って来るのだろう又「妻」と「嫁」が復活してあれこれと言ってくるであろう。

「今、妊娠してからも別れたい」とやっぱり思う。もう疲れた。こんなに色々な事を気にしながら生活し、お金には縛られ、姑とは気が合わない。死ぬまでこんな生活が続くのか。疲れた。明日は出て行こう！　帰る所はないが何とかなる……はず。皆怒るだろう。どこか遠くへ行きたい。誰も知らない所へ……。不安はあるが。不安があるから、中々実行が出来ない。自分の不甲斐なさに腹が立つ。

姑は、代々女系でいた家が結婚する時、分家になったらしい。姑が男の子を産んで誇らしかったのだろう。そこへ自分の気に入らない女が来てその女が「嫁」になり嫌で嫌で仕方なかったであろう。長男の「嫁」は自分で決めるつもりが息子が勝手に探して来てそれだけでイライラした事だろう。私も嫌々結婚したのだから姑とも気が合うわけがないはず。それでも私は、結婚して初めての母の日にブラウスを送ったり父の日にはシャツを送ったり、気遣った。それについて姑は何も言わないが、舅は遊びに来る時、着て来てくれたりはする……。

あれこれ考えると夫は「家族はあるが、家庭の味を知らない人なんだ」と思えて来た。この人に「家庭って良いものよ」と教えてあげたくなった。私の気の弱さが頭をよぎって来てしまった。

夏も終わり、お腹も大分目立って来た頃、出勤の為、電車に乗ったら空いてはいたが、空いている席がない。立ってつり革につかまっていたら前の男性が「どうぞ」と言って立った。私の後ろにお年寄りがいるのかと後ろを向いたが誰もいない「?」と思っていたら私の事だった。「立っているのは大変でしょ？　どうぞ」と席を譲って下さった「有り難うございます」と座ったが申し訳なさと紳士的なその男性に「世の中には、こんなに親切な人もいるのだ」と思い、自分の夫の不親切さと比べてしまっていた。

夏は「暑い、暑い」と言いながらもあっと言う間に過ぎて秋になった。生活は何も変わらない。ただ、お腹が大きくなって行くだけ。時々、お腹の中で動く赤ちゃんが愛おしい。「今日も元気ですね～」とお腹を擦る。

毎日、朝早く起きて自分のお弁当を作り朝食の支度をし、お化粧をしている頃、夫が起きて来る。相変わらず黙っている。私から「お早うございます」も言わなくなった。夫は、新聞を見ながら食事をする。私はそれが嫌だった。会話のない生活に嫌気もあった。私の体調の事にも何も感心がないのか、何も言わない。いつもどおり夜も一人で夕食を済ませる。初めの頃は夫の分も作っていたが、食べない日が続くと一人分しか作らなくなった。唯一会話をするのは会社だけ。ダラダラと時が過ぎて行く。予定日は三月三日だったので、年内まで働くつもりでいたのだが、会社側から「十一月末で辞めて欲しい」と言われた。「もし、会社で何かあったら責任が持てないから」と言うのが建前だった。「本音は違うだろう」と言いたかった。十二月はボーナスがある。十二月で辞めて行く人間にボーナスを払いたくないと言うのが本音だと分かっていた。ボーナスを支払い、退職金も支払う事が勿体ないと言う所だろう。皆、心の狭い人達ばかりだとがっかりする。

夫に出勤最後の日にドイツ料理が食べたいと言ってあり、一緒に行くことになった。それだけが今の楽しみだった。今までは、二人が仕事に行っている間に姑達が勝手に部屋に入り込み、お茶を飲んだりお菓子を食べたりしていた。そこまではいいとしても、お金を盗まれる事には腹が立っていた。お金を持ち歩く事にしたら、あっちこっちお金を探したのか引出の中や布団までグチャグチャにされて、意地の悪さにガックリした。私が仕事を辞めて部屋に一人でいるようになったらどうするのか？それだけが嫌だった。息子の部屋だからと言っても一人で暮らしている訳ではないのだ！　二人で働いているから、お金はあるだろうとやって来ていたのだろうが、賢くやり繰りする「嫁」に腹が立っていたのだろう。きっと、通帳も見ただろう？　許せなかった。そんな私も、心が狭いか？

退職の日の十一月三十日、仕事が終わってから夫と銀座に行ってドイツ料理を食べた。初めはウインナーの盛り合わせを注文した。フォークを差して一口食べた。「パキーン」と言って一口、口に入る美味しさ。それぞれ味が違い何を食べても美味しい「パキーン」と言う音。夫も最初は「美味しい」とは言っていたのに数本食べた後「ラーメンが食べたくなった」と言い出した。「ラーメンはいつでも食べられるでしょ」と言ったが、後に引かない夫は、ドイツ料理をそこそこにラーメン店に入って行く。「何も分からない人だ！　ムードのない人だ」とがっかりする。ウインナーだけでなく他にも色々あるのに！　これからは家にいて外食も出来ないだろうし、子供が産まれたらもっと出掛ける事もないだろうと思ったが、夫は何も感じていないだろうし、何も考えていないだろう。だっていつも一人で遊び歩いているから。私がどんな生活をしているのかは何も知らないから！　だからこんな時まで我がままを言って……。私はもう少しドイツ料理を楽しみたかったのに！　あのウインナーは本当に美味しかった！　今度はいつあるだろうか？

十二月一日の朝、夫が出勤した後、昨日退職した会社から「仕事が忙しいから手伝いに来て欲しい」と電話があった。「私はもう辞めさせられたから」と言うと、「恩義があるだろう」と男性のきつい言葉。仕方なく行って仕事をした帰りに一日分のお金を渡され、「仕事が忙しいのを知っているのだから明日も来て欲しい」と言われた。「忙しいのを分かっているのに辞めさせたのはそちらじゃないですか！　ボーナスを支払うのが勿体なくて昨日で辞めさせておいて、手伝えとは虫が良すぎるのではないですか？　明日からは来ませんから」と言って会社を出た。皆狡い人ばかりだ！

　それからは仕事に行かなくなった。今までは毎日忙しくしていたのでやる事がいっぱいあった。部屋の掃除をしたり、押し入の片付けをやっていくと、捨てる物が多かった。勤めている時は、部屋の掃除と洗濯だけしか出来なかったし、土曜日は一週間分の買い物をして冷凍出来る物は全部作り、冷凍し、一日で終わらないときは日曜日も台所に立っていた。夫は、土曜日はお休みのはずだったが、毎週「仕事だ！」と言って出掛けて行く。日曜日は、家にいても机で何をかしているか、「仕事だ！」と言っては出掛けて行く事が多かった。二人でどこかへ行くと言う事もなかった。休日も夫がいないから、私は台所に立って何かを作り気を紛らわせていたのかも知れない。二人で生活しているのに一人みたいな気がしていた。

　今まで出来なかった掃除を始め、着なくなった服を処分し、押し入もすっきりした。食器棚から食器を全部出して綺麗に拭いて又、元に戻しすっきりさせた。姑達が食べていたお菓子も捨て、空きスペースも出来た。今度はそこへミルク等を入れるつもりでいた。構造上出来た無駄なスペースもカーテンを取り付けて今まで狭い玄関に置いていた靴立てや傘立てを置いたりした。姑達が持って来た一袋三十キロ入ったお米が三袋あったので、弟に車で取りに来てもらい一袋だけになりそこもスッキリした。

あんなに頻繁に来ていた姑達は、私が仕事を辞めて家にいるようになってからパタリと来なくなった。あ~やれやれと手足を伸ばしてこたつに入る。初めはいつ来るかとドキドキしていたのだが、もう来ないと分かると安心したが、夫はいつどこで親と連絡し合うのか？　土、日曜日で実家へ行く事があった。「手伝い」と言っていたが、本当かどうかは分からない。別のどこかへ遊びに行っていたのかも知れない。仕事を辞めてから誰とも話す事がなくなり、ストレスが溜まり始めていた。

月に一度の通院だけが今の楽しみになっていた。夫は、何の話もないので疲れる。帰りに実家へ寄って両親と話して大笑いしたり、父親が一人の時は、二人でお昼にお寿司を食べに行く事もあった。

年が明け、初めてのお正月になった。暮れにおせち料理を作った。私は当然二人で過ごすつもりでいたのだが、夫は元日から一人で「出掛けて来る」と言って、一人残されてしまった。こんな事なら実家へ行けば良かったと一日中一人でテレビを見て過ごした。つまらないお正月！　又、今年も一人で過ごすのか？　その日夫は、夜遅く帰って来たが会話もなくつまらない一日が過ぎた。二日の日は、朝食が終わってから一人で実家へ行こうと支度をしていたら「どこへ行くんだ！　今日は、親が来る事になっている！」と怒り出す。私は「聞いてない！　昨日は一人で遊び歩いて楽しかったでしょうが、私は一人で一日淋しく過ごしたのよ！　今日は、お義母さん達が来るなんて！　普通は子供が親の所へ行くのに逆じゃない！　あなた一人で相手をすれば！」と言って実家へ出掛けたら、夫がついて来る。知らん顔して一人で歩く……。夫は黙って後ろからついて来る。知らん顔しながらも、これからもこんな生活なのかと涙が出て来る。「やっぱり、早い内に別れれば良かった？」と、今頃になって後悔しても、もう遅過ぎるのか？　泣きながら歩いている私。もう少し私に勇気があったら、でも、別れたら私の家族が心配するだろう。特に父親は、病を抱えていたので強い勇気がなかった。悔しい。でも、この路線からは脱出する事は無理だろう。微妙な立場で苦しい。諦めか？

　もうそろそろ十ヶ月に入る私のお腹の子供、元気に動いている。毎日、お腹を蹴るがそんな時はビックリする。最近、夫が早く帰って来る事がある。食事をしながらお腹の赤ちゃんが蹴る「あっ！」と声が出てしまう。夫が「どうした！」と驚いて聞く。「お腹の赤ちゃんが物凄く動くの」と言うと、「お腹を見て、分かるかなぁ？」と聞いた。「分かるわよ」と言うと夫が「見たい」と言うので、食事が終わってから夫が「見たい見たい」と言うのでお腹を出して見せる。手だか足だかが動く。「あっ！動いた動いた！」と感激している。お腹に向かって「お父さんですよ～」と話し掛けている。やっと父親になる実感ができたのか？

十ヶ月に入ると週に一回のペースで病院へ行かなくてはならない。お金が大変だ～。そればかり気になる。もっと生活費を切り詰めなければ……。

二月の中頃、病院へ行った帰りに実家に寄ると、母親に「顔色が悪いね～今日は泊まって行けば？」と言われ、私もその日は体が怠くそうしたい所だったが、「洗濯物を外に出してあるから」とアパートへ帰った。その日の夕食のおかずは、私の大好きな、カキフライとポテトフライにした。野菜たっぷりの煮物を作り、八百屋さんで貰った大根の茎を茹でてゴマ油で炒めお醤油でサッと味付けした。味噌汁は、お豆腐とワカメ。出来上がった所に夫が帰って来た「タイミングいいね～匂った？」と聞くと、「美味そう」と夫。温かいうちに食べた。「美味しい～」と自分で作ったのに自画自賛したら、夫が「うん、美味いね」と競争でもしている訳ではないが、二人でがつがつと食べた。食べ終わってから二人で大笑いしてしまった。結婚してから初めての事だ！

姑達は、私が仕事を辞めてから一度も来た事がない。辞めた事は、私は話していないのに、夫から聞いていたのだろう。私が家にいたのでは、あっちこっち開けて見る事も出来ないし、お金を盗む事も出来ない。悔しがっているだろうと思いつつも又、いつ来るのかと安心はしていなかった。

夫と二人で食事を済ませ後片付けをしてお茶を飲んでいたら急に「花札やろうか？」と夫「持ってるの？」「あるよ。出来るでしょ？」「うん、出来るけど。お風呂に入ってからね」と私。急いでお風呂に入り二人で花札をやった。結婚して初めて二人で過ごす夜。花札で笑ったり怒ったりと楽しく過ごした。十一時頃「もう、そろそろ寝ようか？」の言葉で片付けていたら急にトイレに行きたくなった。トイレに行っても「尿」と言う感じではない。下着が異常に濡れている。「もしかしたら破水？」と思い、夫に「破水したみたい。すぐ、病院に行かなくちゃ！」とおろおろする。夫に病院へ電話をしてもらったら「すぐ救急車で来なさい」と言われたと言う。夫が、一一九番に電話をすると「管轄が違うから近くの産婦人科へ搬送する」と言われ、それでは駄目なので断り、夫の親戚に電話をして車を出してもらい、私の実家近くの産婦人科まで送ってもらった。夫が「今日、産まれると、バレンタインだな〜」と言っている。「そうか、今日はバレンタインだった」と考えていたら一時間足らずで病院に着いた。すぐ診察室へ入ると、いつもの先生と違い若い先生で「初産だから破水してもまだ産まれないよ！　朝、帝王切開になるから」と言われ、病室へ入ったらもう夜中だったのに実家の母親と弟が来ていた。夫が連絡したらしい。夫と弟は車で私の実家へ帰って行き、母親は「外は寒いから病院に残る」と言う。看護師さんに簡易ベッドを部屋に入れてもらい横になったが、お腹がシクシクと痛む。その内に陣痛が始まったのか？　痛みが周期的にやって来る。腰も痛い。母親が「産まれるのかな？」と言っていたが、私の痛がり方が面白いと笑っている。私も笑いながらお腹と腰を擦っていた。ナースコールをしてみたら「痛みが五分おきになったら又、コールして下さい」と言われる。その内、トイレへ行きたくなり行ってみたら、尿ではなく「血液」だったので急いで病室に戻り母親に話すと、「あら〜じゃ〜もう産まれるね」と言う。痛みが五分おきにやって来たので、ナースコールをし「もう、五分おきに痛みます」と言うと「今すぐ、行きますね」と返事があり、看護師さんが「あら〜頭が見えてる！」と慌ててナースコールし「すぐ出産になります。準備しておいて下さい」と言うと、私を引っ張るようにエレベーターに乗せる。私は、はだしだ！　急いで分娩室へ入ってベッドに乗るとすぐ産まれてしまった。私は時計を見たら二時半頃になっていた。産まれてから先生が「誰だ～こんなに急いで子供を産むのは」と入って来た。産まれた赤ちゃんは「ギャーギャー」と大声で泣いている。産湯に入り、静かになった。「こんなに早く産まれるなんて初産とは思えない」と先生もビックリしていた。「小さいから保育器へ入れるからね」と言われ、子供の顔を見る事が出来なかったが「男の子ですよ」と言われ、ガッカリした。「女だったら帰って来なくていいから」と姑に言われていたので、「女の子」を望んでいたのにーーーー。

夫は、子供が産まれたからと特別喜んでもいなかったから毎日病室に来る事もなかった。

三日目に姑達がやって来て「三つ目のぼた餅を作って持って来た」と言って差し出した。それは本当に「ぼた餅」だった。一個が大きくて食べるのに胸やけしそうな物だった「食べろ！　乳が良く出るから」と言うが昼食の後だったので、「今、お腹いっぱいだから後で食べますから」と言ったが、「せっかく作って持って来たんだから食べろ！」と言う。仕方なく一個取ってみたら大きくてあんこがいっぱいついている。一口食べて「うっ！」と言いそうになった。あんこが多く甘すぎて、あんこを作る時に水分が多すぎて小麦粉を足して固めたらしいあんこだった。一口だけ食べて

「後は三時に食べます」と言ってお皿を置いた。姑は初孫が産まれても嬉しそうでもないようだ。「やっぱり……」と。側に赤ちゃんがいないので、姑達は孫の顔を見る事もなくすぐ帰って行ったが、何か嫌な感じがしたのだ。それは帰り際「名前は、ここに置いて行くから！　おれが考えて占い師に見てもらったからいい名前だからな！」と捨てぜりふのように帰って行った。私が、男の子を産んで憎らしく思ったのか？　さっさと帰って行った。まだ保育器に入っていたので孫を抱く事も出来ず、と言っても抱く気等なかったはず。だって大嫌いな私が産んだ子供だから。大嫌いな嫁が産んだ孫なんて見たくもなかったであろう。姑達が帰った後、物凄く疲れてしまい横になって寝たが、何だか涙が出てしまった。産まれてきても誰からも喜んでもらえない。きっと本人も分かっているのだろう。それでも保育器の中でいつもすやすやと寝ている息子。時々手足を動かし伸びをしている。「私は喜んでいるからね。じいじもばばちゃんも喜んでいるよ」と声を掛ける。

私は、一週間で退院する事になり、息子の所へ行くと看護師さんが「お母さん、少しだけ手を入れて撫でてあげて下さい」と言う。手を消毒して保育器に手を入れたらちっちゃい手で私の人差し指を握った。力強く。可愛いと思った。その時の瞬間「あ～生きてる、私の子供！　元気で頑張れ！」

保育器に入っているのは、病気でもなく、ただ低体重児だったからで、十ヶ月に入ってからの出産でもあり心配はないが、先生は「寒い時期で風邪を引いたら大変だから」と無菌室に入れたのだ。産まれた時の体重は、二千五百グラムより少しあった位で手、足が細かった。ただそれだけだったのだが先生は、私が育てるのに大変だからと心配しての配慮だった。

退院の日、夫が迎えに来てくれて私だけの退院となった。夫は「お前の親がタクシーで帰って来いと言われたけど、陽気が良いから歩いて帰るぞ！」と言う。私は、産後一週間で、今までベッドの生活で二十分歩くのは辛かったが、夫は何も分からずブラブラと歩き私が辛そうにしている事など気付かない様子で、家の近くになると「タクシーで帰って来たと言えよ！」と歩いて来た事を口止めした。実家に帰ると、母親はすぐ寝るように言う「顔色が悪いねぇ～」と言って。母は、感のいい人なので「歩いて来た事」は分かっているのだ。夫は、罰が悪そうに黙っている。狡い人！

実家に行くと、同居しているはずの義妹がいない。どうしたのか聞くと「腰が痛いと言って入院してしまった」と話す母親。父親が「育児放棄した嫁だ！」と怒っていた。

義妹は狡い子だから、私が退院してしばらく家にいるのなら自分の子供の面倒を見てくれる人がいっぱいいるし、自分が家事をやるのも大変だから、腰が痛いと言って入院した方が楽だと思ったのだろう。本当に細かい事を計算して生きるやり方は狡い子だった。

私が、結婚する前にも一度「腰が痛い」と言って仕事を休み寝たきりになり、一歩も歩けないと言っていた事があった。その時もトイレはどうしているのだろうと思っていたが？　食事は、おにぎりにし、味噌汁、おかずも食べやすいようにしてあげたが「食べたくない！」と言いながらも、暫くして行ってみるとお盆の中の物は全部食べてあった。そんな事もあったので今度も又か！　と思うだけ。誰も信じていない。自分の子供もそれ程可愛いと思っていない。日頃の口癖は「A型の人間は大嫌い！」だと言う。「私は、O型だから大らかなのよ！　A型は、細かくて嫌いだ！」と事ある度に言っていた。本当に憎々し気に！　A型なのは、母親と弟と産まれて八か月になる自分の子供。私から見ると義妹は、O型だから大らかだと言っているが、掃除はしない。洗濯も母親がしていて、一度も義妹がしている所は見た事がない。炊事も出来ればやりたくないと、三拍子揃う程何もしない子だった。仕事も嫌々やっているし、帰って来ると「あ～あっ！」と溜息をついて椅子に座り嫌々台所に立つ子だったが、義妹も「嫁」と言う立場だし、母親は「姑」。どちらも見ているので、私はどちらの気持ちも分かる。父親も、義妹を可愛がっていたし、私も大変だろうと色々手助けしていたつもりだったが、今度のように義姉が出産して帰って来るのを待って入院するなんて、なんて図々しい義妹だと思った。

私は、退院しても子供がいない分ゆっくり出来たが、夫が「そんなに、毎日毎日ゴロゴロしているなら俺の仕事を手伝え！」と仕事を持って来た。だるい体でテーブルで仕事をしていたら、母親が「可哀想に、ゆっくり出来ないね～」と言っていた。父親も「お前、大丈夫なのか？」と又、聞いて来た「うん」と言うと「そうか」と言う。「別れたい」とは言えなかった。父親の体が心配で。

私は、何をやっても体がだるく「何だろう？」と病院へ行ってみたら先生が「出産の時の後産が全部出ていなかった。このままにしておくと危ない所だった」とすぐ、麻酔なしで処置した。痛むが先生は「申し訳なかった」とおっしゃた。が、痛い！「診療費はいらない」と言った。終わると、下腹が痛いまま実家まで歩いて帰った。タクシーに乗りたかったが、すぐ側の道路は六号線でタクシーが止まってくれなかったのだ。母親が心配そうに外で待っていた。私の顔色を見るなり「大丈夫？」と心配している。話をするとすぐ布団を敷いて横になるようにと言ってくれた。母親の話だと、母親のお姉さんが私と同じ状態で、出産後亡くなったとか。昔は、誰も気付かず分かった時は手遅れだったと。「怖い事なんだよ！　良く気が付いたね」と涙を流しながら喜んでいた。

母親は、孫を毎日、保育園に連れて行ったり、私が増えた分洗濯物も多くなったが、何も言わず働いている。申し訳なくて、早く良くなり母親の手伝いがしたかった。食事の支度も大変だろうに何も文句は言わず、黙々と動いている。

姑は、一度病院へ来ただけで何も言って来ない。又、私のいない所でアパートの部屋に入り、お茶を飲みお菓子を食べてテレビを見ながら今度は、冷蔵庫をあさっているのだろう。きっと私が、男の子を産んで悔しがっている事だろう。姑の顔が見えるようだ……。

私の体調が良くなって来ると母親も父親も私を頼るようになり、弟の子供、私にとって甥の面倒を見て欲しいと言い出した。「やっぱり私に廻って来たか」と思いながら甥を保育園に連れて行くと私から離れない。無理矢理離すと泣きじゃくっている。「助けて」と私に言っているようでそのまま連れて帰る。

母親がいない今、心細くて私にしがみつく甥が可哀想になった。キラキラしている目から流れる涙。可愛いと思った。

毎日、病院へ母乳を搾り持って行っていたが、甥をベビーカーに乗せて病院へ行った時、看護師さん達に「あら～二人目だったの？」と言われたので「いえ、甥です」と言うと「そうよねぇ～似てないものね～」と笑っていた。

三月になり、段々と暖かくなって来たら息子は保育器を出て看護師さん達のおもちゃにされて、みなさんに可愛がってもらっているようだ。誰が抱いても泣かずにニコニコ笑っているように見えると言っていた。私が初めて抱くとすやすやと寝てしまった。「やっぱり、母親には勝てないわねぇ～」と看護師さん達。

三月も半ば過ぎ、先生も「もうだいぶ大きくなってきたから退院もそろそろだね」とやっと許しがもらえた。日に日に可愛さが増して来る。目が大きくキラキラしている。

退院の日が近くなり私は一度アパートへ帰り掃除をし、夫の洗濯物を洗い、ベビーベッドを組み立て、おむつやカバー、肌着等を使いやすい所へ置いて綺麗に拭き掃除をした頃に洗濯も終わり部屋干しにして実家へ帰った。

息子が、退院して来た。もう一ケ月半、二階に一人寝かせて甥をおぶって台所に立つ。母親は、姉の所で三人目が産まれて大変だからと時々出掛けて行っていたが、その日、母は帰らないと電話があった。九ヶ月の甥と自分の息子が同時に泣くと、おんぶに抱っこであやす。何も出来ない。そんな時、弟が仕事から帰って来て夫と二人で飲みに行くと言う「そんな！　自分の子供は自分で見てよ！」と甥を渡す。息子がお腹を空かせて泣いている。急いでミルクを作り夫に頼み夕食の支度をすると、甥がギャーギャー泣いているので又、私がおんぶする。やっと泣き止む、甥もお腹が空いているのだ。ミルクを作って弟に「飲ませてあげて」と言って渡す。弟は膨れている。弟は、まだ「飲みに行く」と言っている。「酒でも飲まなくっちゃやってらんねーよ！」と毒づく。私はムカッ！　となり夕食の支度を放棄して二階へ行った。涙が出る。皆、私に甘えて！　母親だって二人に手が掛かる孫を見るのが面倒になり姉の所へ行ったのだろう。今夜はどうしよう。私が二人の子供の面倒を見るの？　嫌だ！　もうクタクタだ！　私達は弟の仕事の休みにアパートへ帰る事にしてあったので「もう少し、もう少し」と思って毎日を送っていたが……もう限界だ！

そこへ、父親が来て「お前の気持ちも分かるが、お前がいないとどうにもならないんだ。頼む今夜だけ」と言われてしまった。下へ行き夕食の支度を又やり出し、私の息子はバスタオルで巻いて私がおぶった。食事の時、甥を膝に乗せ味噌汁の上澄みやお豆腐等をあげて見た。美味しそうに食べる。この子はもうミルクだけではお腹が空いていたのだと気がつく。甥を弟に渡し、すぐお鍋にご飯とお水を入れておかゆを作ってみた。又、甥を膝に乗せておかゆを口に入れてみた。飛びつくように食べている。その姿が可笑しかったので皆で笑った。弟が「さすが母親だねぇ～」と感心している。食事中に母親が帰って来た。「家が気になってね」と笑っている。「今まで大変だった！」と言うと「でも二人共、もう寝ているじゃない」と「ここまでするのが大変だったのよ」と私。

弟は、自分の子供が寝たので飲みに行くと言う。夫を誘っていたが、アルコールに弱い夫は「又、今度にするわ」と断り弟が一人で出掛けて行った。息子、甥が寝て、でかい声で話す弟が出掛けて家の中はやっと静かになった。父親は「疲れた」と言ってお風呂も入らず寝てしまった。後片付けをしている間に夫がお風呂に入り、母親に「先に入っていいよ」と言って私は、洗い物をする。泣いていたのだ。私の後ろ姿を見て、私が泣いているのが分かったのか、夫が「大丈夫か？」と肩を抱きしめて来た。涙がポロポロと流れる。「疲れただろう」と夫「大丈夫」と私。今は優しくされたくなかった。本当に泣きそうで……。

私は、一度二人の子供を早目にお風呂へ入っていたが、自分の体や頭は洗ってなかったので、もう一度一人で入り、お風呂場で思いっきり泣いた。涙が溢れて来る。「あ～早く家に帰りたい！　静かに暮らしたい」と思った。

あの日から三日後、弟は休みをとって私達はアパートへ送ってもらった。義妹がその前に帰って来ていた。「可愛い赤ちゃんでいいね」と言っている。甥はおっさんくさい顔をしていたので余計そう見えたのだろう。それでも弟の車に乗って帰る時皆、涙を流しながら「又、来てね」と言っている。その車は、私が独身の時買った車で、結婚する時に弟にあげた車だった。今思うとあげなければ良かったと後悔する。

　アパートへ着いた。部屋に入りベビーベッドへ息子を寝かせると息子は、ニコニコしているように見える。口がちょっとヒョットコみたいにしてキョロキョロして、もう見えるのか？　笑っている。可愛いと思ったが、夫は、仏頂面をしている。さっきまでニコニコしていたのに！　夫は黙って広い方の部屋に入り襖を「ピシャ！」と閉めてしまい、私は何か悪い事をしたかと肩が落ちた。楽しく三人で暮らして行く夢が崩れていくーー。私は、いつの間にか母乳が出なくなってしまったので、息子が泣くと急いでミルクを作る。その間夫は「うるせぇ！」と怒鳴る。「あやして」と声を掛けても部屋から出てこない。ミルクを飲ませている時「飯はまだか！」と怒る。実家にいる時はいつもニコニコしていたのに！　三人の生活が始まった途端に口煩く、帰りも遅くなってしまった。家にいる時は子供が泣くと「うるせぇ！　何とかしろ！」と怒鳴る夫。

　田植えや草刈や稲刈りの時期になると、姑は夫を使い、農閑期にはやれビニールハウスを作るからとか、穴を掘って芋を入れるから来いとか何かと仕事を作っては夫を呼び、我が家はいつも息子と二人だけになる。

五月の連休も夫は実家の手伝いに行くと言って出掛けて行ったが、本当かどうか？友人達とどこかへ行ったような気がする。泊まりで。

姑達は、初孫だと言うのに一度も顔を見に来る事もなかった。

五月五日、初節句だったので私の実家から「お節句に何が良い？」と聞かれたが狭いアパートなので、兜が良いと言ったら、立派な兜と人形を三体贈ってくれたが、誰も祝ってくれず、息子と二人で過ごした。

その頃も姑から何も言われず又、来る事もなかった。

私は、毎日息子と二人だけで過ごす事が多かった。誰とも話す事もなかった。その頃は、友人達も皆子育てで大変で、ゆっくり話す事もなく、お互い「頑張ろうね」と話した位だった。五月の中旬過ぎ頃気が滅入ってきた。誰とも話さない生活に。外に出たい、誰かと話たいと思うようになった。産婦人科の先生に電話をしてみたら「お天気の良い日なら電車に乗っても大丈夫でしょう」との返事。やっと息子と二人で実家まで出掛けてみた。両親と久しぶりに話をし、大分気分も晴れた。いままで、息子が小さいから大事にして下さいと言われていたので、やっと普通の生活が出来ると自信が持てた。が、夫は相変わらずマイペースで夜は帰りが遅く、二人で生活しているような気がするが、朝は家にいるので朝食は食べていた。息子は朝食の時になるとぐずり、ミルクを飲んだ後でもぐずる。そんな時は、夫があぐらをかきその中にスッポリ入るのでそこへ入れると泣き止む。変な子だった。嬉しいと口をヒョットコみたいにする癖が面白い。四ヶ月近くでも何か感じるものがあるのか？

梅雨時は洗濯物が乾かず、息子の物は全部アイロンを掛けて乾かした。毎日。梅雨も終わると今度は暑い。西日の当たる部屋だったのでクーラーも取り付けてもらえず、息子にあせもが出来ないようにするのに気を遣った。部屋のドアを開けるとコンクリートの廊下になっていて、そこで息子をベビーカーに乗せ、私はパイプ椅子を買って毎日陽が沈むまで過ごした。息子はぐずる事もなくぐっすり寝ていた。風が通り涼しかったからだろうか？　散歩は日中は出来ないので、夫が出勤の時、一緒に部屋を出て息子をベビーカーに乗せて駅まで行くが、夫は他人のように歩く。改札口に入る時も知らん顔して黙って行ってしまう。「あ～私達は家族ではないのだ」と感じた。それを何回か続けたが毎回何も話さなかった。そして毎日朝から辛い思いをした。その内それも辞めて一緒に部屋を出ても夫と反対の方向へ行く事にした。夫は「あれ？」と言う顔をしていたが私は、後ろ向きで高く手を上げ「バイバイ」をして知らん顔して息子と二人毎朝淋しく散歩をしたが、アパートの部屋にいる事が嫌になって来たので姉の所へ遊びに行ったり、実家へ行ったりと気晴らしを続けていた所、夫から電話があり「団地が決まった。九月初めに引っ越しだからすぐ帰って来い」と言うではないか。「又、一人で決めて！」と腹が立ったが急いでアパートへ帰り、引っ越しの準備をした。近所の八百屋さんに段ボールをもらい準備をしても、夫は知らん顔して仕事に出掛けて行く。「自分の物は自分でやってね！」と言ったら一日仕事を休んで片付けをしていたが、古い物まで取っておく癖のある人で、机の引き出しの中と本棚だけなのに、一日で片付かず翌日からは、夕方帰って来てから片付けをしていた。姑からは「稲刈りに来い」と電話があったが、私は夫に「どっちが大事なの？　稲刈りに行くのなら引越し出来ないわね～私一人じゃ～やらないわよ！　自分で決めたのだから。責任持って片付けてね！」と怒った。その年、夫は手伝いに行かなかったので、姑は怒っていた。

こんな生活が又、私は嫌になって来た。「あ～別れたい！」一緒に生活して行く事が。「もっと違う道がどこかにあるはず」だ。苦しい毎日。出来そうで出来ない。離婚。

引っ越しの前日、母親が来てくれて助かった。私は頼んでいなかったが、母親は何回も引っ越しの経験があり「親がいてくれたら助かったのに」と思ったと話していた。

当日は、息子をおぶってほこりの中にいる事になるな～と思っていた所だったので、当日は、母親が息子をおぶって外にいてくれたので大助かりだった。体が自由になり仕事もはかどり荷物を全部出してから大家さんが見に来て「綺麗に使ってあるけど、襖に血の跡があるからその分敷金から引かせてもらうから」と言うので「網戸がないから、蚊が入って来るんですよね」と言うと「今度は、網戸付けなくちゃね～」と言うので「じゃ～今回は見逃して下さい。大家さんのミスですよね？」と言ってみたら「じゃ～仕方ないねぇ～」と全額返してくれた。それをもらい、急いで引っ越し先へ行った。夫は団地の手続きがあるからと引っ越しのトラックに乗せてもらい先に行ってしまった。行き先は手帳に書いてもらっていたのだが、余りの汚い字で良く分からない。耳で聞いて覚えていたので駅までは電車で行き、そこからはタクシーにした。私も疲れたが、母親も疲れているだろうと気を遣う。

団地はみんな同じ建物なので、建物の横にある番号を頼りに部屋を探し歩いた。前日に掃除をしておきたかったが当日まで鍵の受け渡しがしてもらえず、夫に先に着いたら掃除しておいて欲しいと言ってあったが、そこは男！　何もしないで家具やら箱やらを運び込んでいた。「あ～あっ！」と溜息が出てしまう。全部運び終わった所で息子を又、母親に頼み、電気屋さんにクーラーの取り付けを頼み部屋を掃除した。電気屋さんはその日の内にクーラーを取り付けて下さりその日は涼しい所で夕食を済ませ、お風呂に入り、部屋は三つあり台所も広くゆっくりと手、足を伸ばして寝る事が出来た。翌朝、息子がグズグズ言っている。熱が三十八度あった。母親は「もう一日帰りをずらすから」と残ってくれたので気持ちが楽になる。母親が「場所が変わって知恵熱かも知れないね」と言っていたが、とりあえず医者に連れて行った。薬を貰って帰って来たら息子は元気ではしゃいでいる。夫は、何も言わず仕事に行ってしまった。

私も疲れていて何もしたくない。母親が、買い物に行って昼用のサンドイッチや夕食のおかず等を買って来てくれたのでゆっくり出来た。母親も疲れているだろうと、布団を敷いて「休んで」と言うと「ありがとう」と横になりすぐ寝てしまった。疲れていたのに、頑張っちゃって。息子も昼寝をしてからは熱も下がりホッ！　とした。母親は次の日に帰って行った。「お母さん、ありがとうございました」と頭を下げ涙が出た。母親も涙ぐみ「ゆっくり休みなさいよ」と言って帰って行く。

私は、急に淋しくなり泣いてしまった。もうすぐ七ヶ月になる息子は何かを感じたのか「あ〜あ〜」と言って私を呼ぶ。息子を抱いて「二人で元気にやって行こうね」

と抱きしめた。

引っ越して夫の初めての休みに台所へ置くテーブルセットを買いに行った。部屋が明るく見えるように薄いベージュのテーブルにして、ベビー用椅子も買った。

翌日、テーブルが届き台所に置く。初めて椅子に座って食事をする。息子は初めての椅子に嬉しそうにしている。

団地は、気を遣う所と聞いていたが、皆、子供が同じ年頃だったのですぐ仲間に入れてもらえ、今までは誰とも話さない日が続いていたが、今は日中は外に出て子供達を芝生で遊ばせ、親は楽しくおしゃべりして、一日一日が楽しくなった。雨の日は何となく我が家に集まる事が多くなり、台所と部屋の間の襖を外してあったので、広くして子供達が遊んでいるのが良く見える。

団地と言っても広い所と少し狭い所があり、我が家は、広い方だったので集まりやすかったのか？　大分経ってから、一人の奥さんから、「初めは、おとなしそうに見えて話掛けづらかったけど話してみると明るくて、時々抜けている所があり楽しい人だと思った」と言われビックリした。そんな風に見えるのか？　私は「そう、もう少し気を付ければ奥様に見えるかしら？」と言ったら「もう、遅いわよ」と笑われた。

その笑い方が本当に可笑しそうで気が楽になるとも言われた。

昭和五十五年二月、息子が一歳のお誕生日近くになったがまだ歩けない。実家の母親が息子が歩けるようにと「一升餅を持って行くから」と連絡があった。夫に話すと「俺の両親も呼べ」と言う。「どうして？　何かしてくれるの？」「祝いだろ」「あなたは？」「俺は仕事だ」と訳の分からない事を言い出す。「来て欲しいのならあなたが電話してね！　私は来て欲しくないけど」と言ったがその後、来るのか来ないのか何も返事はなかったが、料理は来る事を想定して作っておいた。ケーキも注文し当日、母親が重そうに荷物を持ってやって来た。お餅とお赤飯を持って来た「大変だったでしょ～」と労をねぎらい休んでもらった。「団地と言っても静かだねぇ～」とお茶を飲みながら言っている。昼近く姑達が来た。何も持たずに。

昼食を済ませてから座卓を片付け息子に一升餅を背負わせた。今まで一歩も歩かなかったのに、息子は泣きながら私の所へ歩いて来た。母親は「歩いた歩いた」と大喜びしていたが、姑達は何の感情もないのか帰ってしまった。母親は「気の強い姑さんだね～お前も苦労するね」と言われた。分かっていたではないか！　結婚する前から……。母親が帰る時お餅を半分以上持って行ってもらった。私達だけでは食べきれないので。母親は「何しに来たのか、こんなに貰っちゃって」と言いながら帰って行った。姑達からは何のプレゼントもなかったが、後日舅が家の中で遊べるようにと子供用の車を持って来てくれた。初めてだった。舅がプレゼントしてくれるなんて。

　今年も田植えの時期になった。姑は又、私も手伝うようにと言っていたらしい。そう夫から言われた私は、「子供がチョロチョロするようになって手伝い等出来ないから行かない」と返答したら、「その辺で遊ばせておけばいい」と言う。私は「嫌だ！」と言って行かなかったら姑も夫も怒っていた。姑は「役立たずな嫁だ！」と凄い剣幕で怒ったが仕方ない。何を言われても、もう田植えや稲刈りの手伝いには行かないと決めていたからだ。

　田植えも過ぎ、陽気の良い季節になった。その頃、トイレに行くと痛い。場所が場所だけに病院へ行く気になれず、痛いのを我慢していたが、とうとう我慢も限界になり、婦人科に行ってみたら「性病ですよ」と言われ「ご主人にも、来院するように言ってください。今日の七時まで待ってますから」と言われ、夫に電話した。帰って来てから「どうだった」と聞いたら「う、うん」とだけ。「外で遊んだの？」と聞いてみた。「いや、別に」と言うが、私の体が知っている。「いい加減にしてよ！　恥ずかしいと思わない？　私は、恥ずかしかった」と。それ以後何日か、口を利かずにいた。私は毎日治療に行き、体がだるい。朝、ボーとしながら洗濯物を干していたら、急に、息子が「ギャー」と泣いた。舅から貰った車に乗って、両手にミニカーを持ってベランダに落ちて、目のあたりから血が出ている。急いでタオルを当てる。上の階の奥さんが、バタバタと入って来て「私が病院に連れて行くから、保険証とお金を持って来て。鍵掛けるの忘れないでね」と手早く言われた通りにして病院へ急ぐ。病院がすぐ近くだったので助かった。先生から「今から、縫合するから」と言われ見ていたら「お母さんは、部屋の外に行って」と言われた。息子がギャーギャー泣いている。でもすぐ終わり、先生から「後が残らないように、四針縫いました。子供の動きにもっと気を付けて下さいね」と言われてしまった。息子は、もう泣き止んで、抱いて家に帰った。「ごめんね」と抱きしめた。上の階の奥さんに、お礼を言って、残りの洗濯物を干して、婦人科へ行く。疲れた。息子にご飯を食べさせて、昼寝をしている。私は、まだドキドキしている。先ほどの奥さんが「何も食べてないでしょ。これ食べて」とおにぎりと卵焼きを持って来て下さった。涙が出る。皆優しい人ばかりだった。別の奥さんは「買い物があるなら買って来るわよ」と声を掛けてくれる。泣いていた私の顔を見て、「大丈夫よ。お母さんなんだからクヨクヨしないでね」と優しい言葉。「体調、悪いんでしょ。無理しないで。夜は何か作って来るから、ゆっくりすれば」と。

息子の傷を見ると涙が出る。「ごめんね。ごめんね」と謝っていた。夫が帰って来るなり「何してるんだ！　顔に傷つけたら、人生の相が変わるだろう。馬鹿やってるんじゃねぇよ！」と凄い剣幕。「あなたが、変な病気を持って来るからこんな事になったんじゃない！　私の体を心配してくれた事はあるの？」と怒鳴ると、夫は黙ってしまった。夫婦の中が少し崩れて行く。そんな気がする。やっぱり、別れようか？このまま夫婦を続けていくのが辛くなって来た。だが、父親の体を考えると、ついつい足踏みしている。だらしない自分に腹が立つ。

五月五日に息子の節句を夫の実家でやると姑が言い出した。近所の人達を呼んでお祝いすると言う。私の実家でもらった兜と人形を持って行ってしまった。又、私の両親も来るようにと言って来たが、父親はそういう席には出ない人なので母親だけが出席した。前日から、我が家に来ていて当日又、舅が車で迎えに来た。何かある度に呼び寄せる。代々続いた家ではなく分家なのに見栄を張る姑だったが、お金は夫が出していたのは分かっている。夫は、給料以外にも収入があるからお金は沢山持っているはずだ。息子はその頃はまだ普通のご飯は早いので、煮込みうどんを麺と汁を分けて持って行ったが、食が細く、でも良く遊ぶし、良く寝る子なので気にしていなかったが、姑は「我がままな子」と見ていたが母親は「子供によって違いがあるから、今は食べる事に興味がなく少し食べればもういいやと考えているのだろう」と、さすがに何人も子供を育てた親だと感心する。私も気に留めていなかったが、姑は口煩く「甘やかすからだ！」と文句を言う。自分で言うのも変だが、我が子はかなり可愛い顔をしていて、仕草も可愛い子だったので姑の嫉妬だと思っていた。

沢山の人の前で飾る程の物ではなく逆にみっともなく舅が、庭に大きなこいのぼりを飾っていた。母親は「みっともない、あんな兜で」と言っていたが、「お母さん、立派だよ。あんな兜高かったでしょ」と皆の前で言ってあげた。私は、その時は何も手伝う事なく下座に座り夫、私、息子、母親四人で食べていたが、夫は近所の人達と大声で騒いでいたが馬鹿らしく、早く息子が「グズグズ」と言ってくれないかと思い、グズったらすぐ帰ろうと思っていたのだが、息子は食べ終わると外へ行きたがるので外で遊ばせようと行ってみると、小石や釘が散乱していて危ない。何でも口に入れようとする息子に目が離せない。母親が「見ててあげるから食べて来れば」と言ってくれたので席に戻ったら、私の席にあった食べ物がなくなっていた。又、姑が片付けたのだ！　意地悪もここまで来ると笑ってしまう。どこまで腹黒いのかと……。私は外へ出て母親に「帰ろうか」と言ったら母親が「どうしたの？　又、お前の席が無くなったの？」と聞いている「もう、どうでもいいわよ！」と私。

姑は、私の「嫁」に対して未だに面白く思っていないのだ！　初孫が出来ても一度も抱いた事がなかった。「嫁」である私が男の子を産んだ事が悔しくて仕方ないのだ。女系一家で来て自分が初めて男の子を産んだのに、大嫌いな「嫁」が又、男の子を産んだ事が面白く思っていなく、ただただ憎らしいだけの存在なのだ。きっと姑は腸が煮えくり返っているのだろう。でも私は、怒ると言うよりその早業に感心した。どうやって皆のいる前で片付けるのか？　そこまでして「嫁」の食べ物を片付けると言う早業！　姑はそこまでしても嫁に食べさせたくないと言う事なのか。どうしたらそんな人間になれるのか？　ただただ感心するだけ。

夫は、何も気付かず食べて飲んで近所の人達と大笑いし、話している。私は、夫のそんな態度も嫌だった。「気付けよ！　私達の事を！」この家族は皆、自分さえ良ければ他の事はどうでもいいというか、見ていないのだ。

息子が眠むくなりグズリ始めたので帰る事にしたら、夫は「まだ早すぎる！」と言うので「そう、じゃあ私達だけ帰りますから一人でごゆっくり」と言うと仕方なく夫も帰る事になり、舅の車で送ってもらった。息子はすぐ寝てしまい又、夫も寝ていた。母親もうとうとしている。私も眠かったが、舅に悪い気がして眠れなかった。皆、気疲れしたのだろう。私も疲れた。

家に帰り母親に「もう一晩泊まって行く？」と聞いたら「家に帰ってから、ゆっくりするから」と言って帰って行った。自分の親とは言え何かある度に母親は嫌な顔もせず来てくれる。最近は「お前も大変だねぇ〜」が口癖だった。母親を見送りにバス停に行き「お母さん、いつもすいません」と頭を下げる「お前も体に気を付けてね」と言ってくれた。母親がそんな優しい言葉は初めてなような気がする。

家に帰ると息子が泣いている。夫は「うるせぇ！」と怒鳴り抱く事もせず、「うるせぇ！」と息子を蹴っている。私が「止めて！」と言うと「うるせぇ！」と私も殴られたり、蹴られたりした。「これが、私の夫か！」と泣きながら息子を抱いた。自分の思い通りにならないといつもこんな事をするのか？　これからもこんな事があるのか？　怖い。人間ではないと思うだけだ「ゾッ！」とした。

姑達は、田畑の暇な時、お米や野菜を持って我が家にやって来る。その度に「お金を払え！」と言う。お金が欲しくなるとやって来る。「お金はありません」と言うと「子供を育てるのにお金が掛かった。その分を返せ！」と言う。「えっ！」とビックリした。「開いた口がふさがらない」と言うのは、こんな時の事かと思った。親が馬鹿なら子供も馬鹿なはずだと感心する。お金を貰えないと分かるとお米も野菜も持って帰る。そして後日、夫のいる日曜日に来て夫からお金を貰っている。親が帰ると夫は私に「米も野菜もただで作っているんじゃないんだからこれからは金を払え」と言う。「そんなお金ないわよ！」と嫌がる私。いつも姑の事で喧嘩する事が多くなって来た。

こんなはずではなかった……はず。地図のない道を歩いているような気がする。これからも又、何があるのかと。やっぱり別れたい。日々が辛くなって来ていた。でも、父親の事を考えると、そして、子供の事も考えると迷いがある。辛さがどんどん増加していく。

梅雨も明け、少し暑くなって来たある日「明日、田舎へ行くぞ！」と夫が言う。「えっ！」と私。又か、何時行っても昼食の支度がしていなくて、ご飯とみそ汁と漬物だけ。息子の分だけはお弁当を作って行った。昼頃着いたが又、昼食の支度がしてなかった。息子は自分のお弁当を嬉しそうに食べていた。それを見た姑が「自分の子供の分だけか！　作ったのは」と言う「えっ！」と顔を見たら「今度来る時は、大人の分も持って来い」と言う「えっ！」と又私。信じられない姑の言葉「今度は、無しにしたい」と思った。

私は、もう「嫁」として生きて行くのが嫌になっていた。姑と距離をおきたいと思い、あの日から一度も行っていない。

その変わり私の父親が一人でよく遊びに来るようになった。今まで私がいない事が多く遠慮していたらしい。父親は「お前の所が一番のんびり出来る。お前は、子供を叱らずに上手に育てているなぁ～」と言う。「何があっても子供に手を上げるのは、三歳までにしておけよ」が父親の口癖だった。

でも両親が来る時は必ず内孫を連れて来る。子供が二人になり、私はかえって世話が大変になる。そうさせる義妹に腹が立つ。迎えに来る時は、いつも日曜日で「お陰様でゆっくり出来ました」と言う。「私は大変だったわ！　今度からは自分の子供は両親に預けないでね。私がゆっくり出来ないから」と怒った。これだけ図々しい嫁もいないだろうと思う程憎らしかった。義妹が……。こんなに大事にされて「嫁」に胡坐をかいて姑に自分の子供を預けて……悔しかった。と言うより羨ましかった。

息子が二歳になった。両親が来ると言う「又、孫を連れて来るなら来ないで欲しい」と釘を差したが、やっぱり連れて来たのだ！　私は「明日、帰ってね！　人の子供の面倒まで見たくないから」と。私も近頃意地悪くなったのか？　そんな自分が嫌になってきた。

夫は、子供の誕生日だと言うのに帰って来ない。いつもそうだ。私の親が来る時は、いつも帰って来ない。朝、起きても家にはいなかった。「又、外泊か！」と腹が立つ。

弟夫婦が迎えに来たが、昼食の支度はしていない。弟が「飯ぐらい食わせてくれよ」と言う。「甘えないで！　早く帰って！　ゆっくりしたいから」と言って帰ってもらう。息子と二人だけになり、シーンとしている。何もかも腹が立つが子供に当たる訳にもいかず、息子と二人でお弁当を作り近くの公園でそのお弁当を食べたのだが、息子に悪い事をしたと思う。息子は何かを感じたのだろうか？　まだ、はっきり話せない言葉で「かたん、だいどぶ？」と話す。涙が出て来た。息子を抱きしめ泣いた。二歳の息子は、私が泣いているとすぐ「かたん、だいどぶ？」と言う優し子になっていた。

時々又、夫は「明日、田舎へ行くぞ！」と言う。私は、おかずを作り持って行ったが姑は「にぎり飯でも持って来れば、こっちで用意しなくていいのに！　気が利かない嫁だ！」と毒づく。それ以来、行く時は、おかずとおにぎりを持って行ったのだが特別「ご苦労様」の言葉もなく又、夫も何も気が付いていない。私が、用意して持って行く事に夫は不思議に思わないのだ。それを夫は嬉しそうに親と話しながら食べている。残ると全部「置いていけ」の言葉で「別のお皿に移して下さい」と言うと「皿が汚れるから、そのまま置いて行け」と言う。タッパはいくつも置いて行くと家で使う分がなくなるので、次に行った時は「返して下さい」と言うと「使ってる」と言う

「あれは高かったので、すぐ返して欲しい。今日の分も持って帰りますから」と言うと渋々差し出すが汚れたままだった。いつも……。

稲刈りの時期が来た。懲りずに又、手伝いに来いと言う。夫が「行くんだろ」と聞くが知らん顔していた。「何故行かないんだ！」と怒る。「初めて行った時、私がどんな思いで行ったか分からないの？　食事もまともに食べさせて貰えなかった事、分からなかった？」

「……」

「夕飯の時、テーブルに私がいなかった事分からなかった？　台所で一人味噌汁掛けご飯だけ。あなたは何も言ってくれなかったでしょ。お風呂も入らせて貰えず。だから行かないの！」夫は黙って、一人で出掛けて行った。今度こそ何か感じたかしら？又「うるせぇ～」で終わりにしたかったのか。

年が明けた。昭和五十七年、私は、もう三十二歳になる。夫は、三十三歳になった。息子は、三歳になる歳だ。お正月は三人で過ごした。今年は思い出のある一年にしたいと思った。

東京タワーに行って、階段で登り降りした。三人で競争しながらだったり、じゃんけんで数えながら上ったり。楽しかった。次の日は、穏やかな暖かさだったので、サイクリングコースを走り、息子は、補助輪が付いていてガラガラと走る。一生懸命に。その姿が可愛くもあり、大きくなったんだな～と感じる。そんな楽しい日々が過ぎて行く中、私は、胸がムカムカする日が多くなった。

息子がもうすぐ三歳になる頃、無性に炭酸の入った飲み物が欲しくなり「もしかしたら？」と思い近くの産婦人科に行ってみた。初めての時「今度は、近くの産婦人科へ行きなさいよ。今度は、もっと早い出産になるから」と言われていたので、歩いてすぐの産婦人科へ行ってみた。「三か月です」と言われ、お正月にあんなに遊び歩いて急に心配になった。夫に話しても喜びもせず何とも考えていないようだ。だって私は、あの性病以来夫を避けて来て一度だけ無理矢理の思いの子。でも嬉しかったが又、一人で喜び、頑張らなくてはならない。でも、息子に話すと「僕、お兄ちゃんになるの？」と喜んでいる。今度は、一人じゃないんだと息子と二人で喜んだ。「いつ来るの？　赤ちゃん」と聞く。「九月だよ」「九月っていつ？」「夏が終わりかけの時かなぁ～」「僕、お兄ちゃんになるから、チュッチュッ止める」と言う。チュッチュッとは指しゃぶりの事。寝る時は、タオルの端を持って指しゃぶりしていたのだが、それを止めると言う。お兄ちゃんの力は息子にとってそれ程の事なのだと感じた。私は、出来るのかな？　と思っていたが、寝る時に持つタオルは、タオルケットからハンドタオルを持つようにしていた。指はそのタオルの中に入れている。時々指が口の方にいくが「ハッ！」として止める。無理しているな～と感じたが大丈夫だろうか？　夫に話すと「フン」と言うだけ「偉いと思わない？　三歳よ。時々指が口の方に行くけど、ハッとして止めるのよ。もうお兄ちゃんになったと思っているみたいよ。何とも思わない？　たまには、誉めてあげてよ」と言うが？

翌日夫は、息子に「指、チュッチュッやらなくなったね。凄いじゃないか」と誉めている。息子は「だって、お兄ちゃんがそんな事したらおかしいでしょ」「無理するな」「うん」楽しそうな会話。珍しく父親から誉められて照れている息子。可笑しかった。二人のぎこちない会話が。

私は、妊娠してから体調が悪く、時々お腹が脹る感じや痛い時がある。先生からは「切迫流産しそうだから安静にしているように」と言われていた。そんな時、姑が「近所の人達が来て二日間料理を振る舞うから手伝いに来い」と言う。私は「切迫流産しそうなので、安静にしていないといけないので行かれません」と断ったが「嫁の務めだ！」と言って私の体の心配はしてくれないまま又、舅が車で迎えに来た。夫にも言ったのだが「我がままだ」と一喝された。私は、流産覚悟で出掛けて行く。息子を置いて一人、姑の所へと出掛けた。姑は泊まり掛けで二日間手伝うように言っていたが、私は、日帰りするつもりでいた。私は、妊娠していると分かるようにマタニティー用の洋服にして近所の奥さん達がお手伝いに来て下さっている所へ行った。みんな「あら～おめでた？」と言って、冷えるからと台所の手伝いはしなくて良いと言って下さったが姑が怒っている。私は、椅子に座り何もしない。近所の奥さん達が「こんな体で流産したら大変だから……」と。

料理が次々と出来てテーブルいっぱいになった。近所の方が「つわりは？」と聞いて来たので「アッ！　ありません」と答えると台所で少し食べるよう勧められたが、姑の目が怖くて食べられない。そんな私の気持ちが分かったのか？「あ～ここのおっかさんは意地が悪いから、気にしないで二人分食べないと駄目だよ」と言って下さった。優しい人達で私も遠慮がちに少しだけ食べたが、喉に通らない。その内気持ちが悪くなって来た。揚げ物の油が悪かったようだ。少し休んで気分が落ち着いた所で薬を飲んだら、「どこか悪いの？」と聞かれ「え～ちょっと」と言ったら「帰った方がいいよ。顔色悪いから」との言葉で皆さんが「あ～本当だ、顔色悪いね～」と言われ「こっちは良いから帰った方が良いよ」の言葉に甘えて帰る事にしたら舅が又、車で送って行くと言ってくれたので「電車で帰りますから」と遠慮をしたのだが舅は車を出して下さり「お願いします」と言って家を後にした。舅は何も言わない人だったが、何でも分かっているようだ。姑の意地の悪さも……。一日で帰る私に姑が怒っていた事も……。家に帰ると夫が「もう帰って来たのか！」と怒鳴る。きっと姑から連絡があったのだろう。姑が怒っていたから夫も怒ったのだろう。皆、私に文句を言う。私の体の心配はしてくれない。姑がそんなに偉いのか？　嫁はそんなに何でも黙ってやらなくてはいけないのか？　姑は、嫁になった事がなく舅が養子だったのでいつも偉そうにしていたのでは？

姑は二人目の孫が九月に産まれると言う事にも腹が立ったのだ「農家の嫁なら子供を産むのは農閑期に産むものだ！　おれは、二人共一月に産んだ！」と怒られた。その後、姑は私には何も言わず、夫だけ田植えの時期や草刈等良く呼ばれて出掛けていたが、何だか夫が哀れに見えた。長男と言うだけで利用され、次男は何もしないから。

私は、妊娠していると言う事で何もしなかったので楽だったが姑達は家へ来る事もなかった。

私は、鉄分が少ないと言われ、毎日夕方息子と買い物に行くと、カフェオレを買い、屋台の焼き鳥屋さんで、私はレバー、息子はつくねを買って近くのベンチに座って食べる。それが日課になっていた。息子が嬉しそうに食べている。足をブラブラさせながら。特に甘える事もなくなり、指しゃぶりは、完全にやらなくなった。お兄ちゃんの力は大きいとビックリした。

九月上旬の夜中二人目が産まれた。

その年は、梅雨明けもなく八月になり夏だと言うのに毎日雨が降り変な天候だった。夫は、毎年春と秋に「美空ひばりショー」に招待されて行っていたが、秋は大阪なので今回は行かない事になっていたし、入院中は仕事を休んで息子を一人で見る事になっていたので安心していた。

夜、寝ている時「パァン！」と言う音で目が覚めた。時計を見たら三時だった。夜中に破水したのだ。急いで病院へ電話したが「まだ産まれないでしょう。夜が明けたら来て下さい」と言う「一人目も破水してすぐ産まれたので、今回もそうだと思うのですぐ行きます」と慌てて病院へ行く。息子が眠そうにしていたが「赤ちゃん、産まれるの？」と言い、はしゃいでいる。三人で歩いて行こうとしたが、お腹が痛み出し歩けない。夜中だが、すぐ下の部屋の奥さんが「夜中でも車を出すから、何かあったら遠慮しないで電話して」と言われていたのでそれに甘え、車で連れて行ってもらった。着いてすぐ夫に「すぐ、産まれるから待っていたら」と言い分娩室に入ったが、看護師さんが「まだ産まれないから帰って下さい」と言っている声が聞こえる「あ～

あっ！　すぐ産まれるのに……」と思ったらすぐ陣痛が始まり看護師さんに「まだ、用意が出来ていないから産まないで」と言われ、分娩台の上で正座して待っていた。横になったらすぐ産まれそうだから。待っている時間が辛かった。看護師さんの「もう良いですよ」の声で横になったらすぐ産まれてしまった。私は、時計を見たら四時頃だった。先生が入って来た時にはもう産まれていてビックリしている。

赤ちゃんの産声が聞こえない。看護師さんが逆さにして背中やおしりをたたいたらやっとすごい声で泣き始めた。産湯に浸かってもまだ泣き止まない。婦長さんに「泣き出したら止まらなくなちゃったわねぇ～」と笑っている。綺麗になって私の所へ来たらすぐ泣き止んだ。「あら～お母さんの所へ来たらすぐ泣き止んで、安心したのかしら～」と又、笑っている。が、すぐ新生児室に連れて行かれてしまった。この病院は、産まれた日は新生児室で看護師さん達に見ていてもらい、母親は、一日ゆっくり休む事になっているようだった。

看護師さんが産まれてすぐ家に電話して下さったのか「ご主人が男の子でしたと報告したら笑っていましたよ」と言って笑っている。きっと私が「すぐ産まれる」と言ったのが、本当だったので笑ったのだろう。その日の病室の外は雨だった。風も強い。夜中は、雨、風が強くウトウトと寝ただけだったので、朝、目が覚めてテレビを点けたら、夜中の雨、風は台風だった。もう台風は過ぎ去って静かになったので朝食後又、ウトウトとしていたら姑達が昼近くにやって来たが、煩い！　一人部屋だが迷惑だ！　病室に入っても大きな声で口煩く言う。

「忙しいのに！」と忙しいのなら恩着せがましく来なくても良いのに夫が連絡したのだろう。三歳の息子が私のベッドに乗ったら「かあちゃんは病気だから行くな！」と怒る。息子は「お母さん、病気？」と聞くので「病気じゃないよ。赤ちゃんが産まれただけだよ」と言うと「だいじょうぶ？」と心配する「大丈夫よ。すぐお家に帰るからね」「いつ？　明日」「もう少しかな？」と言った。姑が余計な事を言うから息子が心配している。

　次の日の朝、夫と息子が病室へ来て息子が「僕、ばばちゃんのお家に行っていい？」と聞く「どうしたの？　お父さんといるんじゃないの？」と聞くと「だって、おばあちゃんが、昨日の夜ね、ハンバーグを作ってくれたけど小さいの一個だけしか食べちゃ駄目って怒るんだよ。僕は、もっと食べたいって言ったけどね、お腹痛くするからって、ちっちゃいの一個だけだよ」と三歳半の息子は家にいたくない理由をきちんと話せるようになっていた。おかずやご飯は冷凍にしてあったのでレンジで温めれば食べられるようにしてあったし、冷蔵庫に作り方も書いて張ってあったのだが又、姑が余計な事をして……。「一人で泊まれるの？」「泊まれるよ！　もうお兄ちゃんだから！」と胸を張って言う「じゃ〜電話して聞いてみるからね。待ってて」と言い私は、実家へ電話をしたら母親が「大丈夫だよ」と言ってくれたので、息子に話したら「すぐ行く」と言い出し「お母さん僕、だいじょうぶだからね。バイバイ」と言って夫と帰って行った。母親として頼もしいが、淋しい……。

又、出産から三日目に姑が大きい「ぼたもち」を作ってやって来た。又、「すぐ食べろ！」と言う「せっかく作って来たんだから！　乳が出るから早く食べろ！」と言う「今は、お腹いっぱいなので後で食べますから置いておいて下さい」と言うが文句を言っている。すぐ側に孫がいるのに見ようともしない。抱こうともしない。何の為に来たのか聞いてみたかった。孫が産まれて嬉しくないのか？　不思議な人だ。「部屋に誰もいないがどこにいるんだ！」と聞く「息子は、私の実家に行ってます。夫は、仕事に行ってます」早く帰って欲しかった。

夜、夫が来たので「又、お義母さんが、ぼたもち持って来たわよ。お袋の手作り食べれば？」と言って見たら「又かよ〜あんな物」と言って「持って帰って捨てるから」と言う。夫に「もったいないじゃないの！　じゃ〜二人で少し食べてみる？」と言って蓋を開けたがでかい！　一口食べて「うっ！」と言う夫。私も一口食べて

「うっ！」と言ってしまい二人で大笑いしてしまった。「食えない！」と夫。そうなのだ大きくて、甘すぎてあんこを小麦粉で固めたようで食べ物とは思えない！　大笑いした後「今度は、お義母さんが名前の事何も言わないから、あなたが子供の名前考えてね」と言ったら「もう考えてあるけど、こいつの顔見ると考えた名前と合わないいんだよな～」と言う「又、考え直さないといけないな～名前考えるの難しいんだよなぁ～」とぼやいている。「私は、産むのに大変だったから分担ね」と言って笑ったが、本当に困っているようなので「明け方産まれたから暁を入れて欲しいなぁ～」と言ったら「分かった考えておくよ」と笑いながら帰って行った。「ぼたもち」を持って……。

近所の方達がお見舞いに来て下さった「アッ！　見ないで！　変な顔している子だから！」と言ったら「可愛いじゃ～ない。お兄ちゃんと比べるからよ～。お兄ちゃんは可愛過ぎたのよ！」と言われてしまった。確かに長男は産まれた時から可愛い顔していた子だったが……。「女の子じゃ～なくて良かった、だってこの顔じゃ～ね～」と言ったら「女の子だったらもっと優しい顔して産まれたわよ」と笑われてしまった。

近所の人達は毎日のように入れ替わり立ち替わり来て下さったので毎日賑やかだっ

た。それでも、次男は、すやすやと寝ている。お腹が空くまで。

私は長男が心配で毎日実家へ電話をしていたが母親は「大丈夫だから、今の所元気にしているし、お前の声聞いたら帰りたがるから切るよ」と毎日同じ事を言われる。本当は大変なのだろうと分かる。

名前も決まり夫は「やれやれだな～」とホッとしている。

「家に誰か入ったのかな～洗濯物が畳んである。」

「近所の奥さんが掃除してくれているからそのついでに、畳んでくれたんじゃ～ないの」

「どおりで家の中が綺麗だと思った。布団も干してくれてるみたいだぞ！　毎晩ふかふかになっているから」

「有り難いわね～近所の人達良い人ばかりで」

「お前が、今までの付き合い方が良かったからだよ」

「私は、普通にしていただけなのに」

「その、誰にでも普通と言うのが難しいんじゃないか？」と言われた。

団地は生活の競争心が強い所だと思っていたが、そんな事はなく皆良い人達ばかりに見えた。

先生に「長男を実家で預かってもらっているのですが、毎日泣いている様なので早く退院したいのですが?」と言ったら先生は「息子さん何歳?」と聞いたので「三歳です」と私「そうですか、それは心配ですね」と先生「入院して五日目が土曜日なので、その日に退院したいのですが?」と言ってみたら先生が「ちょっと早すぎますが、仕方ないでしょう」と許してもらえた。退院が決まって実家の母親に電話を入れた。「そう。当日は送って行くだけだけど、月曜日からは何日か手伝いに行くから」と言ってくれた。夜、夫が来たので「土曜日、退院する事に決まったから」と伝えると「分かった」と言っていたが、当日舅の車で姑と夫と三人で迎えに来た。入院費を支払い、次男を抱いてその車で家に帰ったが、姑達は私達が降りるとすぐ車を出して帰って行った。夫も荷物を片付けたら仕事に行ってしまった。一人、次男と残され気が抜けた「何? これ?」と思った。誰も心から喜んでいない事が分かる。私も無視されたように思う。

一人で、ベビーベッドを組み立て、掃除をして母親と長男の帰りを待った。昼食はおそばにしようと、天ざるを注文して一人で布団を敷いて横になる。涙がこぼれそうになる。歓迎されない息子と私。

長男は十二時頃には帰って来る。外で待っていたら長男が走って「お母さ〜ん!」

と手を広げて走って来る。嬉しかったのだろう。心細かったのだろう。泣きながら「僕、頑張ったよ！　お兄ちゃんだから……。」と言っている。抱きしめてあげた「偉かったね。有り難う、お兄ちゃん！」と言って。母親に「すいませんでした。助かりました」と言って部屋に入り、三人で昼食の天ざるを食べた。母親は「誰もいないの？　皆冷たい人ばかりだね」と言ったが「その方が気が楽よ。いたら、気を遣うから」と。母親は「お前も苦労するね！」と言いながらおそばを食べている。

今年は、夫も田植えや草刈、稲刈りに行かない。どうしたのだろうと思いながらも私も、自分の生活だけでいっぱいだったので知らん顔して聞く気もなかったが。

母親は、一度帰って行ったが、翌々日来ると言う「一人じゃ～大変でしょ？」と言っていたが、次男の沐浴は近所の奥さんに頼んであったのでそれ程大変ではなかったし、おむつもレンタルにしていたので洗濯もそれ程苦にはならないと思ったが、母親は私の所の方がゆっくり出来るのだろう。自分の家にいれば孫の世話がある。保育園に毎日、送り迎えも大変なのだろうと思い、甘える事にした。

洗濯も、次男の肌着等を洗ってから家族の洗濯をするだけ。干すのも簡単だ。ちょっと回数が増えただけ。母親は、私の体を心配していて「寝ていなさい」と言って一人で掃除や台所、洗濯をやってくれていたのだが、九月十五日は「敬老の日」で父親が七十歳になるから町会からお祝いをしてもらえるのでお赤飯を炊くから帰ると言う。「そうか！　父親は七十歳なのか～じゃ～母親も六十三歳だ。十二月になると六十四歳になるのだ」と思い、いつまでも甘えていられないと思った。

夫は「美空ひばりショー」へ大阪まで行くと言う。「今年は、行かないって約束してあったでしょ！」と言うが「田舎から、お袋が来るから、もう頼んであるよ」と言う「えっ！　嫌だ！　断って！」と頼んだが「せっかく来てくれるんだ！　有り難いと思え！」と大声で怒鳴る。信じられない。自分は出産したばかりの妻、小さい子供二人を置いて遊びに行くと言う。そして、姑に頼んであると言う「あの人に何が出来ると言うのだ！」と言いたかったが当日、夫を見送る事もしない。長男も何か考えがあるのか「バーカ！　お父さんのバーカ！」と怒っていた。

その内、姑がやって来た。まだ朝食の後片付けも終わっていなかった。掃除、洗濯もまだだったので私は、後片付けをしながら「お義母さん、洗濯も掃除もまだなのでやって貰えますか?」と頼んだら姑は「おれは、洗濯機も掃除機も使い方が分からねえから自分でやれ！」と言う「えっ！」と私。後片付けをする前に洗濯機のスイッチを入れ食器を洗った。一回目の洗濯が終わり二回目の洗濯のスイッチを入れ掃除を始めたが姑は「お茶！」と言う。そして一人でテレビを見ている。腹だたしい思いで私は動いた。姑は孫の顔も見ようとはしないでテレビを見ている。長男が「テレビ見たいな～」と言うと「子供はテレビなんか見なくていい！　目を悪くすっから」と長男を追い払う。洗濯が終わって「お義母さん、干して貰えますか？」と声を掛けると「おれは、背がねえから干せねぇ～」と言う。又か！　何しに来たのかとイライラする。次男がお腹を空かして「ギャーギャー」と泣いている。急いでおっぱいをあげながら涙が出た。長男が「お母さん、大丈夫？　僕が守ってあげるよ」と言っている「ありがとう」と言って長男を抱きしめた。長男は「僕は男だから！　泣かないよ」と言う「ありがとう」と言っても涙が止まらない。長男が又「テレビが見たい」と言って「おばあちゃん！　僕、テレビ見たいから」と言ったら姑は「子供は、テレビ見なくていっから、外で遊んで来い！」と怒る。長男はションボリして布団に寝転び「あいつ！」と怒っている。誰の事を言っているのだろう？　次男のおっぱいをあげ終わりおむつを替えて、洗濯物を干し始めたら長男が手伝ってくれているのに、姑は知らん顔してテレビを見ている。干し終わって長男が「お母さん、お昼ご飯は何にするの？」と聞いて来た「何にしょうかね～何食べたい？」と聞くと「サンドイッチ！　卵のだよ」と言う「パンがないから出来ないなぁ～」と言うと「僕、買って来る」と言い「買いに行けるの？」と聞くと「大丈夫だよ。いつもお母さんと買ってるのでしょ？」と自信満々で言う。お金をポシェットに入れてから「気を付けてね」と送り出す。姑は聞いているはずなのに知らん顔してテレビを見ている。後ろ姿を睨みつけた。

長男のためにゆで玉子を作り、レタスやキュウリを洗ってザルに入れ水気を取っていたら、長男が走って帰って来たのか？　顔を赤くし、汗をかいて帰って来た。ちゃんとサンドイッチ用のパンだった「偉かったね～一人で買い物出来たね」と言うと「僕！　お兄ちゃんだから何でも出来るよ」と得意に言っている。笑って「えらい！えらい！」と汗を拭いてあげた。長男の大好きなコーンスープも作り又、サンドイッチを作って昼食にしたら姑が「昼飯がこんな物か！」と怒っている。腹が立つが知らん顔して食べたが、姑も黙々と食べている。スープを平らげサンドイッチにぱくつく。息子が「お母さん、スープまだある？」と聞くので「あるわよ」と答えたら椅子を台にしてスープを器に入れている。姑も黙ってスープのおかわりをしている。食べた事等なかったのだろう素直に「美味しい」と言えばいいのに。

昼過ぎに長男が「お昼寝するね」と言って私の布団に入って寝ている。姑も「おれの布団を敷け」と言う「そこに出してありますけど」と言うと「寝られるように敷け」と言う「子供じゃ～ないんですから自分の事は自分でやって下さい」と言って食器を洗ってから私も長男の所へ行って横になった。姑はブツブツと言っているが知らん顔した「いない方が良かった」と、夫に腹が立って来る。

長男が、昼寝から起きると隣の部屋でプラレールで遊んでいた。私が起きると「お母さん！　おやつは何？」と聞く。「あ〜あっ！　又、何か作らなければ」と重い体を起こし「何にしようか？」と言うと長男は私がだるそうにしているのが分かったのか「別に何でもいいよ、牛乳でもいいし」等と気を遣っている「何か好きな物買って来る？」と聞いてみたら「うん！」と言って又、お金をポシェットに入れ外に出て行った。ポテトチップスを買って来て「お母さんも一緒に食べよう」と私の所へ持って来て二人で食べた「牛乳、持って来るね」と言ってカップに牛乳が入ったものを二つ持ってそ〜と歩いて来る。私が、立とうとすると「お母さん動かないで！」と言って持って来た。何て優しい子なんだろうかと抱き締めたくなる。弟が産まれて自分がお兄ちゃんになったからと何でもやりたがる。食べ終わると「僕、お風呂洗って来るね」と言って掃除していた。次男は、一度おっぱいを飲むと、六、七時間位寝てしまう子なので手が掛からなかった。途中オムツを替えても起きない不思議な子だった。長男は「お母さ〜ん！　お風呂ってどうやってお湯出すの？」と聞いてきた。それだけは「お母さんがやるから」とお水を入れた。当時は今のようにスイッチ一つでお風呂に入れるようではなかった。お水を張って、ガスで沸かさなければならない。子供には無理だった。お水を張る時も出し過ぎないよう装置を取りつける。それからガスのスイッチを入れ沸かす。タイマーをセットしておかないと沸かし過ぎて大変な事になる。長男は又、大好きなプラレールで遊んでいた「お母さん、今日の夜は何にするの?」と聞く。「この子は食べる事ばかりだ」と思った。食べる事に興味があり、いつも作る時も一緒にやりたがる子だった。

長男は、急に「外で遊んで来る」と言って出て行った。いっぱい遊んで、お風呂に入り台所に立っている私の側に来て一緒に作る。ちゃんとエプロンも作ってあげたのでそれを身に付けて……。面白い子だった。まだ三歳半なのに……。

長男に「夜ご飯は何食べたい?」と聞いてみたら「何でもいいよ。あ～ポテトグラタン食べたいかな～」なんて生意気な事を言う。姑用に煮魚を作る。長男が「僕の魚ある?」と聞く「あるわよ」と返事すると、納得した顔をする。大根サラダとポテトグラタンには色々野菜を入れて作り、味噌汁を作った。

昼間、姑がお米を研いでいた。急に電話が鳴った。長男が「あ!　お父さんかな～」と急いで出る「うん、うん、いるよ。お母さん電話」と言って変わったら近所の奥さんからだった「洗濯物まだ干してあるけど具合悪いの?」と言われ「あ!　忘れてた～ありがと～」「大変だったら手伝うから遠慮しないでね」「ありがとう。何かあったらお願いします」と言って電話を切り、急いで洗濯物を取り込んでいたら長男が畳んでいた「ありがとう～」と言って二人で畳んだが姑は知らん顔してテレビを見ている「あ～あっ！」と溜息が出る。「さっ！　ご飯にしようか？」とお釜の蓋を開けて「こんなにいっぱい、大家族でもないのに！」と、ご飯の中に心の中で「フー」と溜息をしてベチャベチャのご飯を器によそる。長男が「美味しいね！　お母さんの作るのは、何食べてもおいしい」と言ってグラタンを一人で取り分けて食べている。野菜がたっぷり入っていたが、好き嫌いなく食べている。煮魚は骨を取ってあげ、それも「おいしい！　おいしい！」と食べている。本当は、テレビを見たいのに我慢している。姑は、黙々と食べている。

長男は、我慢をしながらも、何も言わず食べ終わると後片付けを手伝ってくれ、果物を食べた。長男は、果物が大好きで朝、晩欠かさず食べる子だった。食べ終わると歯を磨き、「僕、寝るね」と言って「おやすみなさ～い」と弟の所で顔を触ったり、頭を撫でたり、自分の大好きなミニカーを見せている。その内一人で寝てしまった「可愛い」と思った。

私も、疲れて布団でウトウトしていたら次男がお腹が空いたのか？　ぐずり始めたので、おっぱいを飲ませると「グビグビ」と言って飲んでいる。おむつを交換したら又、寝入ってしまった。これで朝までグッスリ眠れると横になった。「あ～疲れた！」と思う間もなく寝てしまった。

朝、起きたら姑はまだ寝ている、と言うより目は覚めていて寝ながらテレビを見ている「あ～あっ！」と溜息が出る。朝食の支度をしながら洗濯機のスイッチを入れる。

味噌汁、卵焼き、トマトのサラダ、きゅうりも入れる。長男の大好きなサラダだ。そこへハム、チーズも入れる。長男は焼きのりも大好きだ。出来上がった頃長男が起きて来た。

「お母さん、おはよ～」と言って顔を洗っている。姑を見て「おばあちゃん！　ご飯だよ！」と起こす。姑は何も言わず、顔も洗わず手も洗わずに食卓に着く。長男は、朝ご飯を食べながら「お母さん、お昼は何？」と聞く。この子は今、私が作るご飯を楽しみにしている。

「お昼ねぇ～何にしょうかねぇ～ぎょうざが冷凍してあるけど、春巻きもあるし、ハンバーグもあるしカレーもあるよ」と言ったら「今日は、暑いからそうめんがいいかなぁ～」と言いながら朝ご飯を食べている。「今日は、外で遊べば」と言うと「お母さんも一緒？」と聞く「お母さんはまだ外へ出られないよ」と言うと「じゃ～僕も行かない！」「子供は、外で遊ばないと、お友達がみんな待っているよ」「だって～」と言って「果物は？」と催促された。その内、次男がぐずぐず言い始めた。長男に「待っててね」と言い、次男の所へ行き、おっぱいをあげたら、又、すぐ寝てしまった。おむつを取り替えて、長男の所へ行き果物はぶどうがあったので出してあげた。果物は、次男が産まれた時近所の人達から色々頂いていたので、いっぱいあった。

長男は、食べ終わると、歯を磨き「お母さん、此れで良い？」と聞いたので、磨き直してあげた。そして又、プラレールで遊んでいる。私も歯を磨いてから初めに洗濯しておいた分を出して、二回目の洗濯をする。洗濯物を干しベランダから近所の奥さんが「無理しないでよ～買い物ある？」と言って下さったので「有り難う。今日はお昼に天ぷら作るからウインナーお願いして良いかなぁ～」と「分かった。買ったら届けるね」と会話し「お願いします」と言って干し終わって中へ入ると又、姑は布団の中でテレビを見ている。あの人、何しに来たのだろうと思いながら二回目の洗濯も終わり又、干して、空いている所を掃除していたら「そんなに毎日掃除しなくていい！」と姑。「えっ！」とビックリした。

次男におっぱいをあげおむつを取り替え立とうとしたら長男が「お母さん、僕も赤ちゃんの時、お母さんのおっぱい飲んだの？」と聞く「そうよ～いっぱい、いっぱい飲んだよ～」と言うと満足そうに又、一人で今度は、本を見ていたり、プラレールで遊んでいる。掃除が終わって、私は横になりウトウトしていたら、近所の奥さんがウインナーを届けてくれた。そして又、ウトウトしていたら「お母さん！　もうじきお昼だよ！」と長男に起こされ、そうめんを茹で、そうめんのつけ汁は朝作っておいたので、天ぷらを揚げて食べた。息子に「お母さん、昨日のグラタンは？」と聞かれ「あっ！　そうだ。食べる？」と聞くと「食べる」と言うのでレンジで温め、テーブルの上に置いた。息子が取ろうとしたら姑がサッ！　と取り食べている。息子は急いで自分のお皿に山盛りに取って食べている。それが可笑しくてニヤニヤしてしまった。その後、そうめん、天ぷらも姑と長男が競いあって食べている。姑の食べ方が卑しくて腹が立って来る。何もしないで。ゴロゴロ寝てばかりで食べる時は卑しい。

近所の奥さんに次男の沐浴に来てもらっていたが、姑のいる時は「私、ちょっと用があるから」と断られてしまった。誰だって部屋に入って姑が布団で寝転がってテレビを見ている姿は見たくないはず。

長男は又、昼食が終わると「お母さん、今日の夜は何？」と聞くので「チャーハンにしょうか？」と言ったら「いいね」と喜んでいた。昨夜、ご飯がいっぱい炊いてあったから今夜はチャーハンにしようと思っていたのだ。

午後、次男は沐浴しておっぱいをいっぱい飲んで又、寝ている。本当に手の掛からない子だった。

長男が昼寝をする時に「お母さん、本読んで」と言われた。長男は「ノンタン」の本が大好きで横になって本を読んであげる。その内長男は寝てしまい、私もウトウトしていたら、台所でカチャカチャとフライパンの音がする。姑が何かやっていたが知らん顔して寝てしまった。夕方、洗濯物を取り込んでいたら長男が起きて来て一緒に畳んでくれる。本当に優しい子だ。フライパンにはいっぱいの焼き飯が出来ている。もう冷めている。それを見て「あ〜あっ！」と溜息が出る。ゴロゴロと固まりがあって「食べられるかなぁ〜」とその焼き飯を見た。長男もそれを見て「あっ！」と口を開けている。今夜は、夫が帰って来る。夕食は家に帰って来てから食べると言っていたが、何時に帰って来るのか分からない。

お風呂を沸かし、長男一人で入った。私は、まだ入れないので可哀想だが一人で入ってもらった。姑は昨夜も今日も入らないと言う。

夕飯の支度をしようと台所に立ったら姑が「焼き飯作ってあるだろ！　それで良いだろう」と言う「何かおかずと味噌汁作らないと」と言うと「毎日、毎日作らなくてもいい！　焼き飯だけで十分だ！」と言う。長男も黙っている。温めようとしたら又「ガス代がもったいない！　そのままでいいだろう！　おれがせっかく作ったんだからな！」と言う。

食事の時間になり、長男と二人黙って冷えた焼き飯を食べた。姑は、それだけを黙々と食べている。慣れた感じで……。私は、熱いお茶を飲みながら流し込む。長男は、牛乳をカップに入れて牛乳で流し込んでいるようだった。長男は、黙って食べて「ごちそうさま」と言って、歯磨きをして「おやすみなさい」と言って次男の所でミニカーを見せながら遊んでいた。「果物は？」と聞くと「いらない」の返事。次男が泣き出し急いでおっぱいを飲ませ、おむつを取り替えたら又、寝てしまった。長男も枕元にミニカーを並べて遊んでいたが、いつの間にか寝ていた。長男は、次男が産まれてから私の布団で一緒に寝るようになっていた。産後、私の実家で淋しかったのだろう。私も急いで後片付けをして、歯を磨いて「おやすみなさい」と言って布団に入った。

九時頃、夫が帰って来たが、知らん顔していたら夫は「俺の飯は？」と聞いたので「自分の母親に聞けば！」と言って起きなかったら「おい！　おい！」と私を起こす「何？」と聞くと「あれだけか？」と聞く。「お袋の味！　堪能すれば！」と言ったら、冷えた焼き飯を一人で食べている。その内お風呂へ入る音が聞こえて来る。ウトウトしていたら「おい！　おい！」と又、起こされた「何？」「俺、どこで寝るの？」と聞く「親子並んで寝れば！」「え～」「隣の部屋のプラレール壊さないでよ。大事な息子の宝物だから」と言ったら台所の床へ布団を敷いて寝たようだ。

朝、六時頃次男が泣き出したので、おっぱいを飲ませておむつを取り替えてあげたら又、寝てしまった。私も目が覚めたので起きたら、姑が起きていて布団を畳んで身支度をして黙って出て行った。外を見ると舅が車で待っている。あの人、何をしに来たのか？　二日間で作ったのは、大量の焼き飯だけだった。後は、テレビを見ながらゴロゴロ寝ていた。そして「おれは、一ヶ月は何もしないで寝ていた」と言いながら私は、産後なのを知っているのに何もしないで自分はテレビを見ながらゴロゴロしていた事だけだった。

長男が「お母さんおはようございます」と目をこすりながら起きて来て「あっ！　お父さんいつ帰って来たの？」と言ってから父親を蹴飛ばしながら「起きろ！　朝だよ！　お土産は」と怒っている。私が「顔を洗って来なさい」と言うと「は～い」と洗面所で顔を洗いタオルで拭きながら「起きろ！　起きろ！」と騒いでいる。夫はやっと起きて「何だよ～まだ眠いんだ～」と言っていたら「自分だけ遊びに行って何だよ！　お土産は？」「その辺にあるだろう」と言ったが何もない「ないョ！　起きろ！　僕が、お母さんと赤ちゃんを守ったんだ！」と大威張りしている「分かったよ」と起きたが「お土産がない？」と探している「お袋は？　持って行ちゃったのかなぁ～」と……。本当に買って来たのか？　定かではない。親が親なら息子も息子だと感心する。本当に姑が持って行ったのなら、泥棒ではないか！　呆れて何も言えない。長男も同じ気持ちなのか黙って朝ご飯を食べている。父親が仕事に行く時「バーカ」と言っている。相当怒っていたようだ。夫にそっと手紙を書いたメモを渡した。それには「今日は絶対長男にお土産を買って来る事！　プラレールの部品」と書いた。いつも忘れる夫が、今日は忘れず「お土産」を買って来た。長男は大喜びしていた「どうしてこれが欲しかったの知ってたの？」と聞いていた。たまに、親子で遊ぶ事があったので長男の欲しい物は分かっていたようだ。

夫には「私が、お風呂に入れるまで早く帰って来て、次男をお風呂に入れて欲しい」と言っておいたので、毎日、早めに帰宅していた。長男と次男と一緒に入り、長男は喜んでいたが夫は「二人、入れるのは大変だ！」と怒っている。私は「一生に今しかないのだから、楽しんで入ったら？　その内大きくなったら一緒に入れなくなるわよ」と言ったが、自分一人で楽しみたくて、文句ばかりだった。

私が、お風呂に入れるようになると帰りが又、遅くなって来た。一人で、二人お風呂に入れる事が大変な事を経験しているのに又、私任せにしている。羽根をのばして遊んでいるのだろう。今更怒る気にもならず、三人の生活が始まったと思うだけだ。

毎日、三人の生活、四人家族のはずが、三人家族のような気がする。それ程夫の影が薄らいでいたが、毎日楽しかった三人での生活が。次男もだんだん大きくなり、あやすと笑うようになり長男はいつも側であやしていた。

時々、姑達がやって来るようになった。又、お米、野菜を持って。そして又「金を払え」と言う。又かとわずかなお金を渡すと「これだけけか！」と怒るが、子供の今後を考え預金をしていたので生活費はそんな豊かではない我が家は、迷惑だった。「それだけしかありません」と言う事しか言えなかったが、もっと欲しい時は夫のいる日曜日に来て、夫と別の部屋でこそこそと話して夫が姑にお金を渡している。

長男は、翌年幼稚園へ行く歳になる。申し込や、試験、面接と忙しかったが、お金も忙しくなって来た。夫に言うと「そんなにお金が掛かるのなら、行かせなければいい！」と言う。「昔と違って、今は皆幼稚園に行く時代なのよ！」と言うと「強制じゃ～ないんだろ！　金が掛かるのが大変なら行かせなければいい！」と又言う。あ～この人には何を言っても駄目なのだ！　現代人じゃ～なく自分の子供の頃と同じだと思っているようだ。「今は、違うのよ！　幼稚園に行かないと友達も出来ないし、遊びも一人になっちゃうのよ！　もう少し今を見てよ！　あなただって、昔は、スナックで歌など歌わなかったでしょ！　でも今は、スナックへ行って歌って来るんでしょ！　昔と違うじゃないの！」。それでも夫は「子供は外で遊べばいいんだ！」と訳の分からない事を言う。「幼稚園は、みんな行くから帰って来ても遊べるのよ！どうして分からないの！　石頭！」と言ってしまった。これ以上話しても、この人には、何も分からない事だ。

私は、結婚する時に父親から「困った時に使いなさい」とお金を貰っていた。そのお金を使う事にした。そのお金は、定期預金にしていたが、とうとう、手を付ける事になってしまった。父親は無理したのではないかと思う程の金額だった。私に何かある度に父親にいつも「大丈夫か」と言われて来た。私は何も言えずただ「うん」と言うだけだった。

次男が、まだ二ヶ月半だと言うのに、あれこれと用があり、その度に近所の奥さんが預かって下さるので、随分と助けられた。

入園が決まると、入園料、制服代等細々とお金が飛んで行く。夫に話すと「幼稚園なんか止めちまえ！」と言い、普通の話が出来ない人だった。特に、お金の話になると気が狂ったように怒る。自分の為、親の為ならいくらでも出すのに……。

長男が幼稚園へ行く時に使う手提げ袋の生地を買いに出掛けたが、何を見ても「嫌！」と言う。一人チョロチョロと歩き廻り「お母さん！　いいのあったよ！」と私を手芸屋さんに連れて行く。それは、クロス刺繍で作るジープの絵だった。「これがいい！　かっこいい！」と動かない。高かったが一生に一度の事と思い、袋は二つ作るので二個分を買って家に帰り、急いで刺繍を初めるが、かなり大変な作業だった。刺繍が終わると持ち手を作り裏布を付けて袋に縫いあげた。長男は、大喜びしている「良かったね」と声を掛けると「かっこいいでしょ！　やっぱりこれにして良かった！」と毎日見ている。

次男が、四ヶ月になったら急に母乳が出なくなってしまった。粉ミルクをあげるが泣いてばかりで飲まない。泣いているのはお腹が空いているからだと分かる。ゴムの乳首が嫌なのか？　少し高いがシリコンの乳首にしてみたら、グイグイ飲む。「あ～お金の掛かる子だ！」と頭が下がる。今までは、ヒョロヒョロと細く背がある子だったが、粉ミルクにしたら太り始めて可愛い子になって来た。ほっぺがプクプクで……。長男の小さい時に似て来た。

私は、その頃から近所の人達とグループを組み内職を始めた。内職と言ってもかなり忙しく多い時で月に十万円位になった。少し生活費にして後は、預金にしていた。内職と言っても仕事は忙しく毎日夜遅くまでやっていたが、夫は私が起きている間に帰って来た事がなかった。毎晩飲んで帰って来るようだ。朝、起きると部屋がお酒臭く、もう寒くなって来ていたので、寝ている部屋ではなく別の部屋の窓を開けて空気の入れ替えをする。そんな毎日を忙しく日々は過ぎて行く。

次男が初めての冬に、夫と息子二人がインフルエンザで寝ている。

夜中、寝ていると夫が私を蹴飛ばした。ビックリして起きると「下着やパジャマが汗で濡れた！　着替えを出せ」と言う。我がままな人だ。その位自分で出来るではないか！　子供じゃないんだから！　夫の着替えを出し私は、寝ようとしたら「着替えさせろ！」と言う。「えっ！」自分で出来るはずなのに大威張りだ！　腹が立つ。子供達のパジャマも着替えをしてやり、やっとゆっくり眠れると思って寝ていたら又、夫が蹴飛ばす。又、「汗で濡れた」と言う「枕元に着替えが置いてあるから自分で着替えて」と言って私は寝た。汗で濡れた下着とパジャマを私の顔に投げつけた。「ウッ！」とし、投げ返した。夫の顔の上に。夫は私を何だと思っているのだろう？私は、毎日遊んでいると思っているのか？

朝、少しゆっくりして起きたら七時になっていた。急いで洗濯機のスイッチを入れ、食事の支度をする。長男が起きて来た。「熱、もうないかな～お母さん」と言うので計ってみたら、もう平熱になっていたが「まだ、少し熱あるから今日は、もう少し寝ていなさい」と言って蒸しタオルで顔を拭いて手も拭いてあげた。夫が「俺は？」と聞くので「冷水で顔拭く？　目が覚めるわよ～」と言ったら、「良いよ！」と慌てて洗面所に行った。長男が笑っていた。ニヤニヤと。私がピースしたら息子も、ピースして「ナイス」と言った。長男も、もう四歳になる。分かる子になって良かった。次男も起きて「あ～あ～」と私を呼んでいる。次男にも、蒸しタオルで顔、手を拭いてあげ、薄目のミルクを飲ませていたら長男が「お兄ちゃんがやってあげる」と言うので「お願い」と頼んで食事の支度をし、夫と長男にお水を飲むように言い、食事の支度が出来たので、三人で食べた。長男が「果物は？」と聞くので「風邪引いている時はみかんは駄目よ。りんごにしようね」と言って出してあげたら二人共パクパクと食べている。私の分がなくなってしまったので、一回目の洗濯物を部屋干ししてから又、りんごを切って食べていたら長男が「もっと食べたい」といったが「今日は、もうお、わ、り。次は、三時のおやつか夕飯の後ね」と言って我慢させる。長男は、二日目から普通に治ったが、夫は、三日。次男は、四日目に熱が下がった。毎日毎日、朝の洗濯は二回、三回とし、部屋干しで何とか乾かした。夫は、治ると私への感謝の言葉もなく出掛けて行く。こんな些細な事が欠けているから私がイライラするのが分からないのかと夫の背中に毒づく私。

長男が幼稚園に行き始めて、初めての連休に夫は、友人達と旅行に行った。四歳になった長男は「お母さん！　どうして家は、お父さんばかりお出掛けするの？」と聞いて来た「お仕事だから仕方ないよね？」としか答えられなかった。夫は、旅行から帰ると又、今度は「三人で山に行くから、三人分の握り飯作ってくれ」と言う「体に悪いから少し休んだら？」と言うと「家にいたら、子供の相手をしなくちゃならないじゃないか！　だから出掛けるんだ！」と冷たい言い訳をする。この人は「家族サービス」と言う言葉がないのだと感じる。「たまには、子供と遊んであげれば」と言うと「うるせぇ！」の一言。いつでも「うるせぇ！」の一言で片付けてしまう夫。夫が一緒に遊び歩く人は、独身の人か、子供が大きくなって子供サービスしない人ばかりだ。

長男は「僕の友達は温泉に行く人もいるよ。外国に行くって話していた人もいるよ！　どうして僕の家は、どこへも行かないの？」と聞く「弟が、まだ赤ちゃんでしょ。もう少し大きくなったら温泉に行こうね」と答えたら「そっか～分かった！」と素直に納得してくれたが、私は心の中で「ごめんね」と涙が出そうになる。一人で遊ぶ姿は淋しそうだった。もう四歳になった長男は何でも分かる子になっていた。

そんなある日、夫が「夜中に首の廻りだけ汗をかくんだ！　毎日」と言っている。「遊び過ぎで疲れているんじゃないの？」と言ったが「毎日なんだ」と言う。子供でもあるまいし知らん顔していたが、煩く言うので「そんなに気になるんなら、仕事へ行く前にお医者さんに行けば！　いつもの先生なら七時頃から診察しているわよ！」と相手にしなかった。その頃は、長男のお弁当が始まり、次男は離乳食を初めていたので私の体は忙しかった。

長男を幼稚園に送って帰って来たら電話が鳴った。出てみると夫だった「何回掛けても出ないで何していたんだ！」といきなり怒った。私は黙って電話を切ったら又、すぐ電話が鳴る。又、夫だった「私！　忙しいの後にして」と又、電話を切ったら又、電話が鳴る。放っておいたが煩い「何！」と出たら「医者に行ったけど会計してないし、薬も貰ってないから取りに行ってくれ」と言う「何～私！　忙しいの！　自分の事は自分でやって！」と電話を切る。次男が、お腹を空かせて泣いている。又電話「煩い！　自分でやれ！」と切った。が、仕方ないので次男の食事が終わって、ミルクを飲んでいる間に洗濯物を干して、次男を連れて内科へ行ったら先生から「本人は？」と聞かれたので「仕事に行ってます」「休むように言ったのに。すぐ帰って来るように連絡して下さい。肺に影があるんですよね～ゆっくり休んで栄養のある物を食べる様に。子供とは別の部屋に隔離して下さい」「何日位休むんですか？」「一ヶ月位ですね」と言われた。溜息やら腹立ちさでイライラする。薬を貰って会計を済ませて、家に帰りすぐ夫に電話した。「すぐ帰って来て！　一ヶ月は休むように言われたんでしょ！　子供じゃないんだからしっかりしてよ！」と怒った。

夫は、昼過ぎに帰って来た。夫が帰って来る前に、夫の洋服箪笥等が置いてある部屋に夫の布団と枕、パジャマ等を置いておいた。

今、私は子供の事で手いっぱいなので夫の世話までは気が廻らない。帰って来た夫を無視し自分の仕事をやっていた。内職もある。メンバーに話して少し量を減らして貰ったが、迷惑は掛けられない。その上夫の面倒。考えただけでも苦しくなる。何日かやってみたが辛い。夫に「実家へ帰って養生して欲しい」と話したら「嫌だ」と言う。子供じゃないんだから空気を読んでもらいたいのに。このままじゃ～私も倒れてしまいそうだった。倒れたかった。そうすれば何かが変わるはず。でも、子供の為には出来なかった。

夫の家族はみんな私に頼り、その割には礼を言わない人ばかりだ！　夫が休んでいる間、姑達も成りをひそめていた。一度も来ないし何の連絡もして来ない。きっと私がいない間に夫が電話でもしたのだろう？

　夫が良くなるまでの一ヶ月隔離と言う事で部屋からは、食事の時だけ顔を合わすだけの生活が始まった。長男も黙っている。何も声を掛けない。それは私も同じだった。食事の支度が一番大変だった。朝から煮魚を作ったりと献立を考えるのが一日三食、一ヶ月も続き長男のお弁当、次男の離乳食と頭がパニックになりそうだった。特に次男の離乳食は、まだ八ヶ月だったので家族とは違った時間に食べていたのだが一日三食私達が食べている時に食べたがる。子供用の椅子に座らせて味噌汁のお豆腐やジャガイモ等をつぶして口に入れてあげると喜んでいた。仕方ないのでご飯を炊く時、炊飯器に湯呑茶碗を入れお米を少しにお水を多目に入れて炊いてみたらお粥が出来た。それを食べさせたり、とにかく野菜も皆の食事を作る時他の鍋で茹でたり、レンジで柔らかく火を通して食べさせた。少し早すぎるかと思ったが、煮魚や卵も良く食べてくれる。一度に色々やって忙しかったが、慣れてしまえば当たり前になる。次男も皆と食べるのが楽しいのだろう。でも喜んでいるのは子供達だけで、夫は食べ終わるとすぐ自分の部屋に行ってしまう「歯磨きしてね」と入口の外から声を掛けるが、「あ〜」と言うだけ。私は、ヘトヘトで食欲も細くなり又、体重も落ちて来た。元々痩せていたのだが、出産後太ってしまっていたのでダイエットにはなったかも？

でも、その頃の私は精神的におかしくなっていた。ある日の夕方、家を出ようと思い長男には気付かれないように普段着のまま現金と預金通帳と印鑑を持って自転車に乗り二人で家を出た。何処へ行く目的もなく、ひたすら自転車を漕いだ。途中喉が渇いたので公園で水を飲んだ。

長男は砂場で遊んでいる。私は泣いていた。もう、終わりにしたかった今の生活を。疲れてしまって……。暫くして長男が「お家に帰ろう。アキがお腹すかして泣いてるよ」と言う。この子から父親や弟を奪う事は駄目なのか？　私に、何か資格があったなら迷わず家を出たのか？　泣きながら家に向かった。

今を見よう。後悔しないように。でも、今にも切れそうな神経、気持、辛い……。数日して、夫の同僚が日曜日にお給料を持って来て下さった。仕事の内容を話し、夫が指示している。話が終わっても帰らない。もう昼近くになって来た。男なのに、グダグダと下らない話をしている。「体調を悪くしているのだから、気を遣えばいいのに」と思いながら食事の支度をし、おそばにしようと、そばつゆを作り、冷ましておいて、そばを茹で、天ぷらを揚げた。天ぷらは、長男が大好きなウインナーも作った。天ぷらの温かい内にと食卓に置くと当たり前のように食べている。

みんな食べ終わっても「美味しいですね」等言いながら一人で最後まで食べて、結局全部平らげてしまう。もう、そろそろ帰るかな？ と思っていたら又、話が始まった。私は夫に「疲れたでしょ？ もうそろそろ寝たら」の言葉でやっと腰を上げたが、息子二人が寝ている姿を見て「可愛いですね」と又、話出す。もう呆れて夫をつつくと「寝てるから、今日は有り難う」と帰りを促した。帰った後「何！ あの人！」と夫にちょっと怒って言ってみたら夫は「あいつは、いつもあ〜なんだ。内容のないおしゃべりばかりして男なのに、三十過ぎても独身で母親と暮らしているから淋しいんだろう？」と話していた。そんな夫も家では余り話さない人だったが外では、ペラペラと話しているのだろう。

夫は、一ヶ月の養生にも飽きたのか？「大学病院へ行ってもっと良く調べてもらう」と出掛けて行った。前日にお風呂に入り、さっぱりしたようだ。

帰って来て「もう、大丈夫だって言われた。明日から仕事に行っても良いってサッ！」と喜んでいる。私も、やれやれと思いながらホッ！ とする。

翌日から、夫は嬉しそうに出掛けて行った。私には、何の礼もないまま。夜中になっても帰って来ない。私は、子供達と先に寝てしまったので何時に帰ったかは知らない。起きたら部屋がお酒臭い！「もう、遊んで来たのか！」と腹が立つ。今までの一ヶ月何をして来たのだろうと。涙が流れる。

姑達も一度も連絡はない。手伝うと言う事は考えていないらしい。いつも自分達の都合でこちらの都合は聞いてくれない。

夫は又、夜遊びが始まった。一ヶ月の闘病は、忘れたのか世話になったとも考えていない。そんな夫へ殺意さえ覚える事があった。憎い！

姑達が又、舅の運転でやって来るようになった。又、お金だ！「ない」と言うと「内職の金があるだろう」と言う。姑は私が又、内職を始めたのが分かったようだ！姑は、その内職のお金まで私から取ろうとしているのだ！「おれは、息子を育てるのに金が掛かった！　その分の金を返せ！」と言うのだ「それでは、私達が子供を育てているお金は、誰が出してくれるんでしょうか？」と言ってみたら、姑は憎らしそうに帰って行った。だが、姑はめげない！　暮れになって「正月用に十万円よこせ！」とやって来た。「ハァー」と開いた口がふさがらない「ないです！」「銀行で下して来い！」と言う。私は、溜息をつき泣きそうになりながら二人の息子を連れて銀行へ行く「十万円」を引き出す。何ヶ月掛けて貯めたと思っているのだ！　結婚してから分かった事だが、あの夫婦は働く事が嫌いで、子供が働くようになってからいつも、お金を無心していたようだ。今まで私に黙っていたが夫は今までそうしていたのだろう。家に帰って「十万円」を渡すと姑は「あるじゃーないか！」と毒づき帰って行った。涙が出た。これからも続くのかと……。夜、夫に話すと「仕方ないだろう」と言う。私は泣いてしまった。「これからも、こんなことが何回あるの？」と

姑はいつも威張っている。何もしないのに……。

私達が結婚した時、夫の両親は五十代なのに、お米を作るだけで後は、いつも働いていなかった。お金を持っているのだと思っていたら、足りない分は子供達からお金をもらう事だけで、野菜も自家用でいつもいつもブラブラしていた。そんな事とは思わずにいた私は、騙されたと感じた。

次の年から、田植えの話がない？ どうしたのか？ いつもブラブラとあっちへ行ったり、こっちへ行ったりと暇つぶししていたようだ。我が家に来ないから、良かったと安心していた。

昭和五十八年。長男の七五三だった。

実家の両親に声を掛けたら、内孫を連れて来た。そして甥が「僕もやる」と大声で泣いている。甥も長男と同学年だが、七五三は昨年やっていたのに……。近所の奥さんが「これで良かったら着ていいわよ」との心使い。「すいません」と言ってそれを着せて神社にお参りに行った。二人並んで嬉しそうに歩いている。

記念に写真館に予約していたので家族だけの写真を撮る積りが甥が入って何とも滑

稽な記念写真になってしまった。

翌年から姑達が日曜日になると、朝の六時頃我が家にやって来るようになった。初めは、時々だったが、夏が過ぎた頃から、毎週日曜日になるとやって来るようになった。長男も幼稚園の年長になり、少年野球をやっていたので、朝早く起きてお弁当を作り送り出す。楽しく過ごしていた時だった。初めは「ハァー」と思っていたが、昼食が済むと帰っていたのが、段々と図々しくなり、夕食のおかずを作らないと帰らなくなって来た。毎週日曜日の朝早く来るので、私は、イライラしていたらしく、子供達は何かを察したのか、何も言わない。

次男は、一人遊びばかりしていた。でも時々やって来るおじいちゃんやおばあちゃん。私が掃除を始めると、出て行く。次男が「僕、おばあちゃんとお買い物行きたい」と言うと、連れて行くと何か買ってとせがまれると思ったのか「かぁ～ちゃんと行け」と連れて行ってくれた事がない。孫が可愛くないのか？　不思議な人だった。

姑達が来るようになって、私の実家へ行く事もなくなった。突然、母親から「お父さんの具合が悪くてね。お前や、孫に会いたいと言ってるよ。今度の日曜日、来られない？　土曜日から一泊でも来てくれたら、少しは元気が出ると思うんだけど？　お父さんは、お前が一番好きだからね」と言われたので夫に話すと「孫に会いたくて来ているんだ！　来てからにしろ！」と言う。私は「年に一度しか会えないのなら分かるけど、毎週来ているんだから一回位いいじゃないの！」と言うと「煩い！　勝手にしろ！」と怒鳴った。私は黙って、二人に着替えるように言って三人で出掛けた。バスに乗って駅までの間に長男が「お父さんも一緒の方がいいね」と言うので「一緒がいいなら、一人で帰れば！」とつい言ってしまった。長男はションボリしている。その姿が可哀想になり「一緒がいいなら自分で電話すれば」と言ったら駅前の公衆電話で父親に電話している「スーパーの前で待ってるね」と聞こえた。

私は、今回も現金、通帳、印鑑を持って来た。もう帰る積りはなかったのだ……。長男は何かを感じたのだろう。私は、心で泣いていた。もう、妻の立場を捨てる積りでいたのだ……。妻の立場を止めると言う事は嫁の立場もなくなると思っていたのだ。その後、夫はやって来た。息子達をスーパーの屋上へ連れて行き遊具で遊ばせている。私に「何か飲む？」と聞いたが、私は黙っていた。夫は缶コーヒーを買って持って来た。夫は飲みながらも黙っている。私は、側にテーブルがあったので缶コーヒーをそこへ置いて黙っていた。

次男が「ミニカーが欲しい」と言い出したので、おもちゃ売り場へ行ったが二人共つまらなそうにしながらもミニカーを一台ずつ買ってもらい「お家に帰ろう」と言う。私は、疲れていたのだ。もう黙って妻役も嫁役もやりたくなかった。帰れば又、その立場の続きが待っている。そうだ！　役者になればいいのだ！　自分の感情をなくして役者になれば何とかなるかも知れない。辛いが……。

その後も、毎週日曜日になると朝早くから姑達はやって来るが、私は、自分のペースで朝食を済ませ、後片付けをしながら洗濯をし、干してから掃除を始める。そうすると二人は外へ出て行く。暫くして二階の部屋の窓を閉めようしたら姑は、車に買い物して来た物を乗せているが、我が家には一度も何も買って来た事がない。

昼食の支度をしている時、ししゃもを焼きながら他の事をやっていたら姑が「魚が焦げてる！　焦げると癌になる！」と怒っている。私は「そこで見えているのなら手伝って下さいよ！　私は忙しいんだから！」と怒ってみたら姑はそれ以来何も言わなくなった。

一度だけ、ビーフシチューを作った時「お義母さんは、ビーフシチュー食べますか？」と聞いてみたら「おれは何でも食べる！」と怒っていたが、今まで一度も食べた事はないだろうと思うのだが威張っている。腹が立った！　何も手伝わず、食べる時は、ガツガツと食べる。ビックリする程食べる。舅もいつも「痛たたた〜」と言っている「どうしたんですか？」と聞くと「胃潰瘍なんだ」と言う。

「普通に食べて良いんですか？」と聞くと「いいさ」と何でもガツガツ食べる。卑しい二人。その日、帰った後夫に「子供の頃ビーフシチュー食べた事あった？」と聞いてみたら「ないよ！　そんな高級品なんて、俺だって結婚してから初めて食べたんだから」と言う。気の強い姑に頭が下がる。夕食のおかずをわざと遅く出来上がるようにしてみたが、どんなに遅くなっても出来上がるまで帰らない。時々、作らないでいると「何、もたもたしているんだ！」と怒る。「あっ！　今日は、あり合わせにしようと思って、だから何も作りませんから」と言うと、物凄い顔で怒り出す「早く言え！　今から帰ったんじゃ家じゃ～何もない！」と「何か買い物してきたんじゃないですか？」と聞くと、憎らしげに帰って行った事もある。そうそう姑の思い通りにはいかないと少しでも分かって貰いたかった。

昭和六十年になった。夫は三十六歳、私三十五歳、長男五歳、次男二歳。長男、次男は、その年、六歳と三歳になる。

長男が、小学一年生になった夏に、「恐竜展に行きたい」と言った事があった。それも遠慮がちに。子供も段々大きくなり、気を遣っている事が分かる。いつも可哀想にと思っていたが、姑達は自分の子供をどこかへ連れて行った事がないから、分からないようだ。

ある日曜日に「行きたい」と言う。夫に話すと「平日に、三人で言って来い」と言う。「あの子は、家族で行きたいのよ？　分からないの？」と言うと「分かった、今度の日曜日に行こう」と言ってくれたので今度の日曜日はゆっくり出来ると思っていたら「ばあさん達が来てからでもいいだろう」と言う。親に断る事をしない夫に、憎しみが湧いた。子供達も嫌そうな顔をしているのが分からない夫。当日、姑達が来た。「今日は、恐竜展に行って来るから、昼飯は、そばでも注文してくれ」と言ってメニュー表とお金を渡している。出掛ける前から嫌な気分になり暴れたくなった。「帰って下さい。私達ゆっくり出掛けたいから」と言いたいのを抑えて四人で出掛けたが、長男はしょんぼりしているのが分かる。夫は「連れて行ってあげるんだ！もっと喜べ」と怒鳴る。皆、嫌々行くのが分からないのか？

長男は、カメラを首からぶら下げただけで、撮ろうとはしない。私は小さな声で「お父さんがいない日にもう一度連れて来てあげるから。今日の所はとりあえず写真少し撮れば」と言ってみたら、目が輝きトボトボ歩いていたのに急に元気になった。私だってゆっくり出来ない。長男は、お父さんと来たかったのだ。今まで、お父さんと出掛けた事がないから。長男は「もう、いい」と言うので、夕飯のおかずは買っていこうとデパートの惣菜売り場で買い物をして帰った。お昼も外食したが、元気のない食べ方に夫は気が付かなかった。家に帰ったらクーラーの効いた部屋で二人は、昼寝していた。私が、妊娠している時はお腹が張って横になっていたら怒った姑が……。

買い物をして来た惣菜を冷蔵庫に入れてから、着替えてお茶を入れゆっくりしていたら「夕飯の支度はしないのか！」と言う。「えっ！　今日は出掛けて疲れたから、あり合わせで食べるから何も作りません」と言うと又、怒った。「おれ達の分位作れるだろう！」「お義母さん、ゴロゴロしていたなら時間たっぷりあったでしょ。自分で作れば良かったのに。お義母さんは、野菜やお米を持って来る時に、お金を払えと言うのに、お昼代や夕飯のおかずにもお金が掛かっているんですよ！　払った事ありますか？」つい頭に来て言ってしまった。姑達は黙って帰って行った。朝からムシャクシャしていた。お昼代に店屋物のお金を受け取った事に腹が立っていた。その日は、皆それぞれ嫌な気分で夕飯を食べた。

お風呂は、もう父親とは入らなくなっていた。長男と次男とで入る事が多かった。たまに「お母さん、一緒に入ろう」と言う時があった。そんな時は、私に甘えたい時。分かっているから体も頭も洗ってあげる。喜んでいる。二人共。私は、二人の頭を洗う時にアトムへアーとかおすもうさんへアーと言って遊んでいたのだ、二人共楽しかったようだ。

別の日の平日に、三人で「恐竜展」に行ったら、子供達は目が輝いている。嬉しそうに写真をパチパチと撮っている。

夏休みや冬休み春休みは、平日に三人で私の実家や姉の所へ行ったりしていた。お金は掛かるが、実家近くに浅草の花やしきがあるのでそこへ行って一日中遊び又、夏休みは、近くのプールへお弁当を持って行き一日楽しんだ。長男は、プールへ行ってもすぐ友達が出来、楽しそうにしていた。だから毎週の日曜日だけは辛いと感じなくなっていた。私は、内職を一生懸命やっていたのでお金は以前より楽になっていた。夫にお金の話をすると、物凄く怒るので、毎月生活費として貰うお金と内職のお金で預金もしながら生活していたので、カリカリする事もなくなって来た。

夏休みも終わると、親からも離れて遊ぶ事が多くなって来たし、長男も毎日楽しく学校へ行ったり帰って来てからも、友達と約束して遊んでいる。宿題を一緒にやったりと、二人共、楽しそうにしている。「やれやれ」と日々が過ぎて行く。

秋になった頃から、姑が来ても口煩くなくなり、ゴロゴロする事が多くなって来た。歳なのかと、余り気にもせず、食欲は落ちていないし、毎日忙しくしていた私は、その異変に気がつきながらも声を掛ける事をしなかった。突然ピタリと来なくなった。どうしたのだろうと思いながらも気が楽になり夫とも「どうしたんだろうね？　私何か悪い事したかしら？」と言うと「いや、気が変わったんだろう」と話し合っていた。夫は、昭和六十年九月に会社をやめ独立していたので親が、どうとか考えている暇がなかった。私も「独立してから一年は収入が少ないから、生活費もわずかしか入れられないから」と聞いていたので内職に追われて毎日忙しかった。姑が来なくなったのも、もう来ても孫が大きくなって来たし、私達が忙しくて相手にしなくなったからだと勝手に考えていた。

昭和六十一年、夫三十七歳、私三十六歳、長男七歳、次男九月で四歳。毎日変わらず時が過ぎて行く。

春になって、長男は二年生になり、まだ野球は続けていたが、コーチが日陰でビールを飲んでいるし「僕達のお弁当は日の当たる所に置いてあるから日影に置きたい」と言っても「子供はいいんだって、もう辞めたくなった」と言っている。子供に悪影響があっては大変だと思い、会議の時に言ってみたら「そんな事はない」と言う。一度コッソリ見に行ったらやはり子供の言っているのが嘘ではないと分かり、コーチに話して辞めさせる事にした。次男は三年保育の幼稚園に入り昼間は一人になる。夫の仕事をしながら、内職する毎日が過ぎて行く。そんな、もう暑くなり始めたある日、姑が夫に「寒川神社に行ってお札を買って来て欲しい」と電話があったと言っていたのだが、私達は何の意味だか分からずに夫は朝早くから出掛け親の所へ置いて来たと言う「あっ！　そう？」と私も何が何だか分からないまま、毎日の生活に追われていたし又、私はやれやれと言う気持ちでいた時、九月中旬過ぎ伯母から電話があった「妹が、あんな姿になっているのに放っておくのか！」と。私は、何が何だか分からず夫に電話してみたら「あ～お袋が、体調悪いみたいだぞ」と言う「どう言う風に悪いの？」「腹が膨れていたから医者に行ったか聞いてみたら十月になったら六十五歳になるから、年金も貰えるし医療費が無料になるから、その時に行くって言ってたぞ」「伯母さんから電話で私、怒られたけど……？」「放っとけ！」と冷たい言葉。翌日の夕方又、伯母から電話があった。「今日も行って来たけれど、医者には行かないって言うのよね！　あんた嫁なんだから何とかしなさいよ！」と又、怒っている。何とかすると言っても姉の伯母が言っても駄目なら私が言ったって……。夜、夫の帰りを待って「明日行って来て！　何とかしないと私が又、嫁なのにって怒られちゃうから」と言って夫に翌日行ってもらったのだが、夫はそのまま仕事に行くと言っていたから行ったかどうだか？　分からないが「頑固だから放っとけ！」と言うが、伯母からは再三電話があり気が狂いそうになる。夕方、私が電話をしたら舅が出て「あ～

誰が何言っても行かねぇ～よ」と言うので「お義母さんに代わって下さい」と言った。どうするかと思ったら姑は「うるさいんだ！　みんな！　六十五歳になったら医者代がただになるからそれから行くから大丈夫だ！」「お義母さん！　動けなくなってから助けてくれって言っても知りませんよ！　みんなが心配している時に行かないと！　今、行かないのならもう何があっても助けてくれと言わないで下さいね！　どうしますか！」と言ってみたら、少し間があってから「じゃ～明日行くから」と言ったので舅に代わってもらい「お義父さん！　明日、こっちの近くの病院へ行きますから朝来て下さいね！」と言って電話を切った。

夜、夫に言うと「良く行く気になったなぁ～誰が言っても行かないと言ってたのに？」とビックリしていた。

翌朝、八時頃舅がトラックの荷台に布団を敷き姑が寝ている姿でやって来た。私は、部屋から見て「あ～もう駄目かも……。」と言ったら夫が「俺もそう思うけど、一度医者には連れて行かないとな！」と言って出て行った。子供達を学校や幼稚園に送り出して、私は入院の準備をし、夕食の支度をしておいた。しばらくして夫から電話があり「入院したから、準備しておいてくれ」と力無い言葉だった。ちょっと無言になり「すぐ帰るから……」と電話が切れた。暫くすると舅の車で帰って来たが、夫だけ降りて舅は帰ってしまった。自分の妻が入院したと言うのに帰ってしまうなんて！　夫は帰って来てすぐ「入院した。癌だった」と言ってお茶を飲んでいる。そして「俺、仕事に行くから後はお前がやってくれ！」と言う「えっ！　自分の親でしょ！　何言ってるの？」と怒った。「お義父さんは帰っちゃうし、どうなっているのあなたの家族は？」その後の言葉が出てこない。呆れ過ぎて……。子供達が帰って来るまでには私は、帰れないだろうと近所の奥さんに子供の事を頼み二人で病院へ入院の用意した物を持って行った。

姑は点滴をしていたが、相変わらず口は達者で文句ばかり言っている「咳が出ているから肺炎かも知れない！　医者に言って来い！」と言うが、知らん顔して持って来た物を片付け病室にいたら看護師さんから「先生からお話がありますから来て下さい」と呼ばれたので行ってみたら、先生から「卵巣癌です。お腹が膨れているのは腹水です。どうしてここまで放っておいたんですか？」「誰が何を言っても病院に行かないと頑固で、家内が説得してやっと行くと言って今日になってしまったんです」と夫。「もう手術は出来ません。余命三ヶ月ですね！」と怒っていた。

これからの治療方針が説明され、やっと帰れる。一日振り廻されて疲れた。急いで家に帰り、子供達を預かって貰っている奥さんに礼を言って遅目の夕飯をとった。それは、夫が姑を病院へ行ってる間にカレーを作り、サラダを作りご飯もタイマーでセットしてあったので温めるだけ。お風呂は、熱めに沸かしておいたので入る頃は調度良くなっていた。子供達は、心配そうにしていたが、何も話さないわけにもいかず、食べ終わり、お風呂に入って果物を食べている時に「おばあちゃんが具合悪くてね入院したの。これからは毎日、お母さん病院へ行かなくちゃならないの。みんなに我慢してもらう事が多くなるけど協力してね」と話したが、次男は淋しそうにしている。長男は「大丈夫！　僕達頑張るよ！　お母さんも頑張ってね」と言ってくれた。次男は、三週間前に四歳になったばかりで心配そうだったが「うん」と言っている。「大丈夫！　お母さん、毎日帰って来るからね！」と元気づけたが、二人共心細かったのだろう。長男だってまだ二年生で七歳だ。しっかりしていてもまだ七歳だ、兄として家を守るのには荷が重過ぎるだろうと思ったが……。

翌日から私の生活が、ガラリと変わった。私だけじゃ～ない子供達の生活も変わる。変わらないのは夫だけ。心配だが仕方ない。又、地図にない道を歩いて行くのか？　心細かった。

面会時間が三時から七時だったので、それまでの間に洗濯、掃除をして夕食の支度もし、二時には家を出て病院へ行く。子供達のおやつも置いて。次男の幼稚園のお迎えは近所の奥さんにお願いした。長男が帰ったら、次男を連れて家に帰るように言ってあった。

病室へ入ると姑は、すぐ「アイスクリームを買って来い！」と言う。買って来ると「食べさせろ！」と言う。一口食べると、いきなり私のアイスクリームを持っている手を叩き、アイスクリームが床に落ちる。姑は「食べさせ方が悪い！」と怒る。床に落ちたアイスクリームを片付けると「もう一度買って来い！」と怒る。又買って来て、二回目からは普通に食べる。自分で食べられるのに我がままを言う。夕食の時は、急いで一人で起きてちゃんと食べているのに！　情けなかった。

五日目も六日目も同じ事をする。

始めの頃は、夜七時に面会時間が終わるがその頃の姑はまだ元気だったので六時頃帰っていたが、家に帰ると病院から電話があり又、出掛ける事があったりしたので毎日七時まで病院にいる事が多くなった。帰りはバスを乗り継いで家に帰り、子供達と三人でいつもより遅い食事をしている間に洗濯をする。姑の寝間着やタオルを洗う分回数が多くなった。

お風呂は三人で入った。唯一、三人でお風呂へ入っている間は会話をし、二人共今日何があったかを競い合うように話す。「そう～そう～」と相槌をする。二人共楽しそうにしている。お風呂から出るともう九時になっている。急いで次男の歯磨きをしてあげるが半分寝ている。急いで布団を敷いて寝かせたら長男が歯ブラシを持って立っている「あっ！」と思って長男の歯磨きもしてあげると「ありがとう、おやすみなさい」と言って寝た。そうか〜長男も頑張っている分甘えたいのだと涙が出て来た。子供の事を思うと又「嫁」の立場を捨てたくなるが誰も姑の世話をしようとする人がいない！　皆知らん顔をしている。舅も入院した日から来なくなってしまった。まだ、九日？　十日目？　なのに私はもうクタクタになって来たが、急いで洗濯物を干して寝た。夫は毎日何時に帰って来ているのかも知らない。目が覚めると、朝になっている「あ〜又一日が始まる」と思いながら、いつものように食事の支度をし、次男のお弁当を作る。皆が起きると着替えたパジャマを洗濯機に入れスイッチを押し、食べている内に洗濯機の終わった音がする。今まではそんな事がなかったので子供達は「もう洗濯しているの？」と聞く「うん、時間は大切に使わなくっちゃね？」と笑って食べる。本当は笑えない。食事も食べたくない。だけど、これから出動する私の体！　ガソリンを入れなくてはならない。姑が入院してから体重が十キロ近く減っていた。

次男を幼稚園へ送り急いで家事をこなし、夕食の支度をしていたらもう、十二時が過ぎている。お腹は空かないが、とりあえずお茶漬けでサラサラと食べてみるが食べたくない。と言うより食べられない。今日は、お風呂も熱く沸かしておく。

もう、家を出る時間だ！　次男のお迎えを近所の奥さんに頼みに行ったら「毎日の事だから大丈夫よ。気にしないで。そんな気を遣っていたら又、痩せちゃうわよ！　ちゃんと食べてる？」等心配して下さった。

ある日、長男の学校の担任の先生から電話があった「お父さんとコミュニケーション取れてますか」「いえ、取れていません」「今度、二人で出掛けてみて下さい」と言われてしまった。そんな事になっていたなんて、長男は何も言わず涙が出た。夫に話し、日曜日二人で出掛けて行った。次男は、私と二人で、お弁当を作り公園で遊んだ。それはそれは、大喜びしていた。二人とも淋しかったんだ。と申し訳なく涙が出た。初めて次男を連れて病院へ行く。夫達がもう病院に来ていた。夫に二人を家に連れて帰ってもらった。夫の両腕に子供達が手を繋いで歩く後ろ姿は嬉しそうだった。

その日、婦長さんに会った。その婦長さんが「あなたは冷た過ぎる。先が短いのに側にもっといてあげられないの！」と「私も、そうしたいのですが、子供がまだ小さくて、近所の奥さんに頼んでいるんですよね。明日から午前中から面会に来てもいいのならもう少し側にいてあげられるんですけれど？」と言ってみたら、婦長さんは

「特別は、ないですから！」「それじゃ～仕方ないじゃないですか！」「先生に相談してみます」と言われ病室に入って行ったら姑は「遅い！」と言って怒っている。そして又「アイスクリームを買って来い！」と言う。買いに行きながら「又、食べさせ方が悪い！」と言って私の手を叩くのだろう、と思いながら「あの人は、淋しくて威張る事でイライラを解消しているのだろう」と思うと「毎日一度位は仕方ないか」と重い足を運びアイスクリームを持って病室へ入る。やっぱり「食べさせ方が悪い！」と私の手を叩く。いつもの事と床の掃除をして又、アイスクリームを買って来てそれを口を開けて待っている姑の口の中にアイスクリームを入れる。病気になっても意地の悪さは変わらない姑。姑は私が嫁だから自分の世話をするのが当たり前だと言う。

婦長さんが「午前中から面会に来ても良いと許可がありました」と伝えて下さった。看護師さんから「寝巻が足りない。オムツも足りない」と言われ、家に帰ってから浴衣風のガーゼで出来ている寝巻を買いに行った。当時は大人用の紙オムツは高く、一袋に十枚入っていて七千円もしていたが本当はもっと高いのだが特別に安くして下さっていた。病院までのバス代。お金が飛ぶようになくなっていくが、夫は何も言わない。言った所で特別に出してくれるとも考えられないので仕方なく、内職で貯めたお金を引出して使っていた。

夜、家に帰ってから長男の様子を聞いてみたら、長男に「何して欲しい？」と聞いたら「おんぶしてポートタワーに行きたい」って言うからそうしたら、背中にぺったり顔つけて暫く歩いて「もう、いいか？」と聞いたら「もう少し」って「人にジロジロ見られて恥ずかしかったし、重たくて疲れた」と怒っている。ポートタワーの上まで行ってポートタワーの形のお土産を次男の分も買って「もう、いい帰ろう」と言ったとか。「昼飯は、ラーメンが食べたい」と言うのでそうした。「全く、何歳だと思っているんだあいつ！」と冷たい言葉。「それだけ父親の愛情が欲しかったんじゃないの？　今まで我慢していたのよ。これからは、もう少し愛情持ってあげて」と言うが、夫は何も分かっていない人だった。私だけなら良い。息子が可哀想になる。心の中で「ごめんね」それしかなかった……今は。夫も親の愛情がなく育っているから、それが当たり前だと思っているようだ。子供にとって、親の愛情が大切なのだ。私の子供には、片親でも愛情いっぱい捧げていきたいと感じた。

夫は愛情より「飯食う金は出しているだろ」と言う。それでは、「姑を見ている私は、無給だけど？」と言いたかったが我慢する。

翌日から、次男を幼稚園に送る前に朝、自分達家族の洗濯をしながら掃除をして、急いで洗濯物を干して、次男を幼稚園に送ってから病院へ行く。看護師さんと体を拭いて寝巻を着替え、アイスクリームを買って食べさせてあげて、昼食が終わると一度家に帰り、姑の洗濯物を洗い、立ったまま味噌汁掛けご飯を食べようとするが食べられず溜息をついていたら、洗濯が終わる。朝干した洗濯物を取り込み又、姑の分を干す。終わるともう次男の幼稚園のお迎えの時間になる。次男は「今日は、お母さんなの？」と嬉しそうにしている。スキップをしながら帰り、夕食の支度をしてから、お風呂の準備をし、長男の帰りを待って二人を家に残し又、病院へ行く。

最近、姑は胃液みたいなものを戻す事がある、いつも同じ所を汚すのでハンドタオルを汚す所へ挟むのだが、姑はそれを取ってしまう。そうするとその度に寝巻を取り替える。誰かにかまって欲しくてやっているようだ。汚れた洗濯物と洗った寝巻の交換をして姑の夕飯が終わると家に帰る。帰れば子供達がお腹を空かして待っている。又、洗濯をしながら夕飯を三人で食べる。子供達が、あれこれと学校や幼稚園であった事を楽しそうに話している。笑いながら食べて、食べ終わると歯磨きをしてお風呂に入る。「あっ！　果物食べるの忘れた」と言うと「お母さんの忘れん坊～」と二人で茶化す。体はクタクタだが子供達の声を聞くと「ホッ！」とする。息子達と話したり、笑ったりしている時は楽しかった。急いで洗濯物を干して床に就く。息子が本を読んで欲しいと言っていたが、ウトウトしてしまった。「お母さん！　ちゃんと寝なさい！」と子供に怒られてしまった。「ごめんね、今日は本読んであげられない、明日ね」と言ってそのまま寝てしまった。

目が覚めたら又、朝だった「あ～又、一日が始まる」と思いながら起きるが体がだるい。子供達は心配して「いいよ、お母さん自分達でやるから」と朝食の準備をしてくれたが、夫は知らん顔して新聞を見ている。

息子達は頼もしい。四歳と七歳だと言うのに「よし！　お母さんもやるよ！」と言って洗濯機のスイッチを入れ顔を洗って洗濯を初めながら「あんた達、顔洗った？」と聞くと「あっ！」と言って笑った。笑顔が可愛い。

三人で台所に立って朝食やお弁当の用意をし、皆で食べたが夫は何とも思わないのか？　不思議な人だ。自分の母親なのに何て冷たい人なんだろう？　一度だけ舅が来た。「お義父さん！　毎日ブラブラしているのなら自分の奥さんじゃ～ないですか！病院へ行って下さいよ！」と着替えを持って行って貰う、だがすぐ帰って来たので「側にいてあげなかったんですか？」と聞くと「気持ち悪くなる」と言うではないか！「私は毎日、朝と夕方行ってますよ！　お義父さんも毎日、朝か夕方どちらか、行って下さいよ！　毎日ブラブラしているんでしょ！」と言ったら「嫌だ！　気持悪い」と言って帰ってしまった。

夕食の支度が出来たので子供達に「今日のおかずは、レンジで温めて先に食べていいわよ」と言って出掛けた。その日は夕方病院へ行ったら婦長さんが「今日、七時頃先生からお話があるので待っていて下さい」と言われた。姑に「アイスクリーム食べますか？」と聞くと「今日は、要らねぇ」と元気がない返事。七時が過ぎても先生から何も言って来ない。ナースセンターに行ってみたら「先生もお忙しいから時間通りには行きませんよ！」と言われた。「私も、小さい子供が二人で心細く待っていると思うので遅くなるようなら明日にして欲しいのですが？」と言ったら「先生もお忙しいんです！」と怒る。「私も、忙しいんですが！」と言い返して病室で待っていたら七時半頃「先生がいらっしゃいました。どうぞ」と迎えに来た。面談室に入って行くと「待っていられないと言ったそうですね！　彼方達は冷た過ぎる。普通の病院だったら、末期癌の患者なんて受け入れないですよ！」と脅すかのような言葉を言う。「そうですか！　じゃ～すぐ連れて帰りますから退院の手続きして下さい」と言ったら先生は慌てて「いや～今日は、治療の事で話があるんですよ。入院してから、お嫁さんだけしか来てないようなので、本来は肉親以外には話さない事なんですが……。」とイライラする事を言っている「それでは、明日夫に来るように話しますから失礼します」と言って立ったら「嫌々、お嫁さんでもいいですよ」と言う。「何ですか！

料金受取人払郵便

新宿局承認

4302

差出有効期間
平成31年4月
30日まで

（切手不要）

郵便はがき

1 6 0 - 8 7 9 1

843

東京都新宿区新宿1－10－1

(株)文芸社

愛読者カード係 行

お名前《ふりがな》			明治 大正 昭和 平成 年生 歳	
ご住所《ふりがな》	□□□-□□□□			性別 男・女
お電話番号	（書籍ご注文の際に必要です）	ご職業		
E-mail				
ご購読雑誌(複数可)		ご購読新聞	新聞	

最近読んでおもしろかった本や今後、とりあげてほしいテーマをお教えください。

ご自分の研究成果や経験、お考え等を出版してみたいというお気持ちはありますか。

ある　　ない　　内容・テーマ（　　　　　　　　　　　　）

現在完成した作品をお持ちですか。

ある　　ない　　ジャンル・原稿量（　　　　　　　　　　　　）

書　名				
お買上 書　店	都道 府県	市区 郡	書店名	書店
			ご購入日	年　月　日

本書をどこでお知りになりましたか?

1.書店店頭　2.知人にすすめられて　3.インターネット(サイト名　　　　)

4.DMハガキ　5.広告、記事を見て(新聞、雑誌名　　　　)

上の質問に関連して、ご購入の決め手となったのは?

1.タイトル　2.著者　3.内容　4.カバーデザイン　5.帯

その他ご自由にお書きください。

(　　　　　　　　)

本書についてのご意見、ご感想をお聞かせください。

①内容について

②カバー、タイトル、帯について

弊社Webサイトからもご意見、ご感想をお寄せいただけます。

ご協力ありがとうございました。

※お寄せいただいたご意見、ご感想は新聞広告等で匿名にて使わせていただくことがあります。

※お客様の個人情報は、小社からの連絡のみに使用します。社外に提供することは一切ありません。

■書籍のご注文は、お近くの書店または、ブックサービス(0120-29-9625)、セブンネットショッピング(http://7net.omni7.jp/)にお申し込み下さい。

その言い方。お嫁さんでもって！　私も家族です」と言ったら先生は慌てて「お話、しますので、ですから〜」と歯切れの悪い言い方をする。黙っていると先生は「思っていた以上に進行が速くて腹水を今日、取ったのですが半日で元に戻ってしまって普通の人は、癌細胞は一個が二倍にと進んで行くのですけれど、今回の場合は四倍になってしまうんですよね」と言う。「点滴をやっているから、栄養の摂取が多過ぎて進行が速いのではないですか？」「そう言う事もありますが……。」とタジタジになってしまった。「で！　何でしょうか？」「入院時に余命三ヶ月と言いましたが、もう時間がないと思いますのでいつでも連絡出来る所にいて下さい」と言われた。「入院して点滴をやっているだけなのに入院費高いですよね！　他に手術した訳でもないのに！　何の代金を私達は支払っているんですか？」「……」「返事が出来ないような代金を請求しているんですか？」「……」「先生！　しっかりして下さいよ！　人の命預かっているんですよ！　請求があれば支払うと思っている病院程、狭い病院ないですよね！」と言ったが、もうどうにもならない「宜しくお願いします」と部屋を出て、エレベーターを待っていたが、涙が出て来る。エレベーターから離れて隅の方で泣いた。涙がポロポロ流れて来る。一人で抱えきれなかった。辛すぎる。自分の親ではないが、嫁としても嫌われていたが。心が折れそうだった。もうクタクタの私は神経がおかしくなりそうだった。

側にいた男性が「大丈夫ですか?」と声を掛けてくれた。誰でも良い、私を支えて欲しかった。倒れてしまいそうだった「大丈夫です」と言ってエレベーターに乗ったが涙が止まらない。その男性は、側にいて「大丈夫ですか?」と又、聞いて来た「ハイ」と言ってバス停に向かったがフラフラして歩けない。その男性は、私を抱えてベンチに座った。「何か飲み物買って来ますね」と言って缶コーヒーを持って来た「ありがとうございます」と言ってそれを飲んだ。冷たいコーヒーだが、何故か心がほっこりした。「申し訳ありません」「一人で抱えていると辛いですよね? もう、長くないんですか?」「ええ」「自分の親ですか?」「いえ……姑です」「お姑さんは、幸せですね。お嫁さんにそんなに世話して貰えて。毎日来てますよね。私も毎日来ているけどいつも一人で辛そうな姿見てたんですよ」と言う。涙がポロポロ出て来た。「あっ! すいません。私も母親が入院しているんですが、もう長くないと言われてね。辛いですよね」とボソボソと言っている。「子供が待っているので、有り難うございました」と礼を言ってコーヒーの缶を捨てようとしたら「いいですよ。私が捨てて来ます」と言って処分して下さった。フラフラする体でバスは無理かと、タクシーで帰る事にした。「気を付けて」と男性の声。軽く頭を下げ家に向かった。

家に着くと二人は「お帰りなさい。ご飯食べたよ！　美味しかったよ！」と言っている。台所を見ると自分達が使った食器が洗ってあった「あっ！　洗ってくれたの？ありがとね」と言って二人を抱きしめた。すぐお風呂を沸かそうとしたら「もう、お風呂入ったよ」と二人で何でもやっていた。布団も敷いてある「お母さん、早くご飯食べて、お風呂入れば、僕達歯磨きもしたよ」と言う「えらい！　えらい！」と言って食事したが食が進まない。味噌汁を掛けて流し込んだ。子供達は、ほっとしたのか「おやすみなさい」と言って寝てしまった。もう、九時を過ぎていた「あ～疲れた！」と思いながら急いで姑の洗濯物を洗い、食べた食器の片付けをして、お茶を飲んでいたら洗濯が終る。急いで干して、お風呂へ入る。そのまま寝てしまいそうで慌てて、髪や体を洗い、急いで出て夫の帰りを待ったがなかなか帰って来ない。メモ用紙に書いてテーブルに置き寝た。時間も書いて。夫は、お酒を飲んで来たらしい。帰って来たのは分かったが、起きる気力もなくそのまま寝込んでしまった。

朝、起きて食事の支度をし、夫に「私が、帰って来るまで出掛けないでね！」と言って次男を幼稚園へ送って行った。次男の友達のお母さんに「顔色、悪いね。大丈夫？」と声を掛けられた。「少し、寝不足かな？」なんてごまかして急いで帰り、夫に話した「自分の親なのに、昨日は何！　お酒飲む時間があるなら病院へ行ってよ！」と怒った。「もうわずかな命なのよ！」と言っても知らん顔をしている。私は、その日も急いで出掛けて行った。姑は、もう会話も出来なくなってしまった。アイスクリームも食べられない。「お義母さん！　私の言ってる事分かったら私の手を握って！」と言うと、わずかに指が動くが力がない。

私の母親が突然やって来た「遅くなったけどお見舞い」と言って。その頃、父親の体調が悪くなっていたようだ。後で分かった事だが。母親は何も言わず、姑を見て「お前も大変だったね。一人で看病していたの？」と聞く。姑の足を触って「後、二、三日だね。おしっこの量も少ないし」と言った「外でお茶でも飲む？」と聞いたが「側にいる」「あんなにお前は、この人に嫌われて意地悪されたのに、優しい子だね。姑さんも幸せだね。最後に看取ってくれる人がお嫁さんで」と言っていた。母親の言葉に重みを感じた。「じゃ～帰るね。お前も体に気を付けてね。ろくに食べてないでしょう？　痩せちゃって。ちゃんと食べなくちゃ駄目だよ！」と言って帰って行った。私も洗濯物を取り替えて、一度家に帰ったら電話が鳴った。急いで出たら伯母からだった「あんな酷い姿なのに誰も付いていない！」と怒っている。「何よ！　今更！　入院したと連絡してあったのに今まで何も言って来ないし、会いにも来なかったのに！」と言いたかったが言葉を飲み込んだ。「今夜は、私が泊まるから」「お願いします」とは言ったが腹が立つ。夫に電話をし「伯母さんが煩いから、夜誰か泊まらないと……何とかして！　私は、夜は泊まれないから」と連絡しておいたら、すぐ電話があり「明日は弟が付く、その次は俺が泊まるから」と言って来た。私は、昼間は今まで通りにしていたが、もうクタクタで体が重い。夜、早めに帰って来た夫に「私、もう駄目みたい！　倒れそう」と言っても知らん顔している。私は、怒って夫の夕食の支度もしないで寝てしまった。

目が覚めたら今日も、朝になっているが体が重くて動かない。子供達に「お母さん朝だよ！　起きないの！」と言われてやっとの思いで起きたが頭がボーとしている。子供達は夫に「お父さん！　朝だよ！　起きろよ！　お母さん変だよ！」と言っている。夫が起きて「どうした？」と聞くが話す事も辛い。「今日は、病院へ行かないで休んでいれば？」「あなたが行ってくれるの？」と聞いてみたら「いや！　行けない。仕事が忙しくて」と言う。夫を睨みつけて重い体で台所に立つ。食欲もなくなっていたが、子供の手前食べなくてはならない。食べるって、こんなに辛い事もあるのだと感じた。長男を学校へ送り出す時「お母さん大丈夫？」と聞く。「大丈夫よ」と安心させて送り出した。次男も幼稚園へ送って行き、近所の奥さんと会った。「元気ないね～大丈夫？」と言われてしまった。「ちょっと疲れ気味かな？　でも頑張らなくちゃ」と言って分かれた。急いで家に帰ったら夫がいた。「大丈夫か？」「今更何よ！　今まで知らん顔して！　自分の親なのに、弟もあなたも会いに行かないなんて！　おじいちゃんも来ないし。どうなっているの皆」と言っていつものように家事をこなしているが、夫は、なかなか出掛けないので「何やってるの？」と冷たい口調で言った。

「もう、何日もないのよ！　分かってる！　そこの所！」と言えば文句が出てしまう。何も話さず自分の仕事をこなし出掛けた。夫が後から付いて来たが、他人の顔している私！。黙って姑の所へ行く。皆、勝手だ！　入院費用も払わない。病院に着き部屋に入ろうとしたら婦長さんから「ここは、完全看護だから夜は困るんですよね！」と言われてしまった。「申し訳ありません。伯母が頭が古くて夜も付いていないといけないと怒鳴られて……。もう僅かな命なら、普段来ない弟や夫に一晩ずつ付いて貰って、それからは止めますから。申し訳ありませんが」と話した。「仕方ないでしょう。じゃ～後二日だけですよ！」と怒られてしまった。いつもの通り看護師さんと体を拭いてあげ寝間着を替えて、足が冷たくなっているのでお湯で温めてあげる。それが終わるとやる事がない。「一度帰ります」とナースステーションに声を掛け、家に帰る。横になりたいが、そうしたら二度と起きられないと思い、夕食の準備をする。そして次男のお弁当のおかずを作る。椅子に座ると「あ〜あっ！」と声が出てしまった。「疲れた！　疲れた！」

姑を家で介護しようとマンションも買ってあった。後は、引っ越しだけになっていたが、こんな事になって引っ越しは先伸ばしにした。「お義母さん！　ごめんなさい。家に帰りたかったよね！」と思い涙が出る。姑が入院してからお昼ご飯は余り食べた事がない。いつも一日二食が多かった。タンパク質もほとんど食べられない。後は果物だけだった。姑が入院してから近所の人達と会話をした事がない。唯一次男を預かって貰っている奥さんと話すだけだった。その日も二人の帰りを待って又、病院へ行く。何回も病院から電話があり「紙おむつが足りないから持って来て下さい」と言われていた。言われるままに買って持って行く。今日も、着替えと紙おむつを持って行った。子供達を預かって貰っている奥さんに声を掛けて出掛けた。

足取りが重い「今日は、駅までバスで行って乗り換えはタクシーにしよう」と思っていた。今は病院へ行ってもやる事がない。ただ傍らに付いているだけだった。少し早目に病院を出た。後何日こんな日が続くのだろうと、フラつく足取りで帰った。子供達が小さくなって待っていた。「ごめん！　ごめん！　ごめん！」と言って二人を抱きしめる。子供達も不安な思いで毎日過ごしていたのだろう。大好きなゲームもやっていない。「今日は、何したの？」と聞くと「家にいた」と二人の声。「外で遊んで怪我したら、お母さん心配するでしょ？」と言う。二人共、子供なりに考えているのだと思うと可哀想になった。「今日は何食べようか？」と聞くと「何でもいいよ！幸せ巻でいいよ」と言う。我が家は、私が忙しい時や体調が悪い時に、お皿に海苔を敷き、そこへご飯を乗せて、かつお節をお醤油でまぶした物を乗せて、海苔を巻き、海苔巻のようにして食べる事があった。それを「幸せ巻」と呼んでいた。「そうだね、それにしょうか。久しぶりに。でもハンバーグも作ってあるんだけど」「知ってる見たもん」「じゃ～おかずはハンバーグね。コーンスープも作ってあるよ」「知ってるよ」と。二人は台所を見ていたらしい。久しぶりに笑った。食べる前に三人でお風呂に入り、息子達は嬉しそうに遊んでいる。食事をしながら姑の洗濯をし、その後家族の洗濯をして布団の上で三人で久しぶりに遊んだ。次男の「本読んで」で「一冊だけね」と言って読んであげた。次男は、四歳だがもうひらがなもカタカナも読めたし書いたり出来ていたけれど、夜は必ず私に「本、読んで」が始まる。一冊読み終わらない内に二人は寝てしまった。次男は、ウルトラマンが大好きで枕元に毎日全部のウルトラマンを並べて寝ていたが、いつの間にか止めてしまっていた。今は、淋しさと不安さで忘れてしまったのか？　長男もプラレールが大好きで、小さい頃から遊んでいたが、次男が遊べるようになったら二人で良く遊んでいたが、今はやっていないようだ。姑が入院する前は、毎日友達が遊びに来ていて我が家は溜まり場になっていたが、今は誰も呼んでいないようだ。二人共不安で遊ぶどころではなかったのか？　可哀想に……ごめんね。夫が帰って来たが知らん顔して夕飯の支度はしてあげなかったが、自分でご飯と冷たくなったハンバーグとコーンスープをお皿に取って食べている。いつもは、食べた食器は洗った事がなかったのに今日は、洗っている。でも、あの人は何も感じていない。暖か身のある人ではない。夫も、舅も、義弟も皆知らん顔している。義弟の奥さんも「嫁」なのに「すいませ～んお姉さん。私達子供がまだ小さいので」とそれだけ。

義弟達が結婚する事になって、姑達と話がある時は、毎回我が家で打ち合わせをしていた。昼時に来るので昼食は、私が用意していたが、話が終って帰る時「帰ろうか？」と二人で言って、私には何も言わず帰って行った。姑達もそうだった。もちろん夫も何も言わない。私のやっている事は無駄だったのかと後悔する事ばかりだった。そして今も。今日は、疲れているのに眠くならない。

あんなに嫌われていた「嫁」なのに！

あんなに大嫌いだった「姑」なのに！

いざもう駄目だと分かると「この人に命ある限りは何でもしよう」と一生懸命やって来たつもりだったが……。毎日、二回、三回と往復して一か月経たないのにもう駄目だと思ってしまった。「今は、ほとんど意識はないはずですが、痛いとは感じていると思うので強い薬を使いますのでいつ、駄目になるか？」と言われている。心が痛い。何かもう少し出来たのではないか？　夫の協力があったなら、もっともっと出来たのに！　と考えながら眠りに就いた。

又、朝が来た。重い体を「えいっ！」と起し食事の支度をしながら、次男のお弁当を作る。次男は、何を考えたのか？　丸、三角、四角のおにぎりを作って欲しいと言い出し、今はそれにはまっていた。小さなおにぎりを三個作り、ミートボールの下にレタスを敷き、ミニトマトと卵焼き、野菜嫌いで入れても「床に落とした」と言って食べない。絶対果物を入れないと怒る子だった。年少で三歳で入園した。私から離れられない子だったが、少しずつ慣れて来た所だった、長男もお兄ちゃんと言う立場で我がままも言わず二人共、何か大変な事が起きているのだと思っているらしい。次男と二人、夜遅くなるまで帰って来ない母親を待ちながらも二人で夕飯を済ませ、食器まで洗ってくれている。心の中で「ごめんね」と謝っている。はっきり話をしてしまったら今以上に悲しむだろうと、何も話していなかった。心細くなるだろうと思って話せなかった。そして又、一日を過ごす。

又、朝がやって来た。「又、一日が始まる」と重い体を起し着替えをする。何回そう思いながら朝を迎えて来ただろう。

頭が重い。でも食事の支度もしなければならない。次男のお弁当も作らなければ。私の心も体も限界だった。何もかも一人でやっているのに文句は私に来る。何もかも私！　夫は知らん顔、舅も一度だけ行って「あんな顔見たくもない！」と全く来ない。

「私は嫁！　長男の嫁！」この看板があるからなのだ！　看板を外したかった。空元気で一日一日をこなしているだけ。子供に、これ以上心配掛けまいと……。その日も早く家事をこなし病院へ行く。毎日、同じ事の繰り返し。違っているのは病室に、ナースセンターと連結する機械が幾つか置いてある事。何があってもすぐに看護師さんや先生が対応出来るようになっている。

この日もいつもの事をやり又、家に帰り夕食の支度をする。子供達が、帰って来ると又、病院へ。姑は何も言ってくれない。手を繋いで「分かったら、握り返して下さいね！」と言うと微かに動く手。こんな事ならまだ話が出来る時に、もっともっと話しておけば良かったと後悔している。そんな私も遅すぎる。もっと素直になれば良かった！　嫁！　嫁！　と言われていていつも腹が立っていた私。遅すぎたか？　チャイムが鳴った。面会時間の終わりだ。今日は夫が泊まる日になっている。そう思いながら、今日は何だか胸騒ぎがする。気持ちを振り払いながら外へ出た。入院した頃はまだ九月のお彼岸の頃で暑かったのに今は十月半ば過ぎ、空気が変わっている。風が少し肌寒く感じる。そう思いながら息子達の待つ家に帰る。足取りが重い。今日はバスに乗って帰る気になれないのでタクシーで帰った。今はもうお金の問題ではない。自分の体が心配になっていた。家に帰れば明るい顔をして子供達の待っている所へと帰って行く。「ただいま～」と元気な声で。息子達は「おかえりなさ～い」と元気いっぱいに。「あっ！　今日も元気だね！　今日は何食べた？」と聞くと「お母さんが作ったご飯」と言う。「そっか～じゃ～果物でも食べようか？」と言うと「お母さんが、ご飯食べてからね！　僕達は、お風呂に入って来る」と言う。自分達で沸かしたらしい。いつもなら「子供は、やっちゃ駄目よ！」と怒っていたが、今日は嬉しかった。「あっ！　出来たの？」「そうだよ！　僕達何でも出来るよ！」と得意気に話している。確かに今日は、洗濯物を取り込んで畳んである。布団も敷いてある。涙が出た。泣きながら食欲はないが流すようにお茶を掛けて食べて果物の用意をした。お風呂場から二人の元気な声が聞こえる。淋しい思いをさせているのに少しの間に何だか成長したようだ。姑の洗濯物を洗いながら、三人で果物を食べ「もう歯磨きしたけど又、磨がかなくちゃ駄目?」と聞かれ「ブクブクだけすれば」と言ったら「ワーイ」と喜んで二人で口を「ブクブク」して「おやすみなさ〜い」の言葉で布団に入り、二人共、気が張っていたのか? すぐ寝てしまった。私は、一人でお風呂に入り「あ〜あっ!」と小さな声で両手を上げて伸びをした。今日は、夫が病院に泊まっているはずだけど「何時に行ったのだろう?」と思いながら急いでお風呂から出て洗濯物を干し私も寝たが「あっ〜!」と思って起きて歯を磨いた。忘れる所だったと思いながら居眠りしてしまった。「ハッ!」と起きて急いで布団に入った。

目が覚めたら又、朝になっていた。急いで起きて着替えをし、食事の支度をし、お弁当を作り子供達が起きて来て「おはようございます」と元気が良い。「お早う〜」と答えて洗濯機のスイッチを入れ食べ始めた頃、夫が帰って来た。「えっ! もう帰って来たの?」と聞くと「仕事だ!」「飯!」と言って顔を洗っていた。食べながら「風呂に入るから」と「自分でやれば!」と腹が立つ。「一晩、親に付いたからって威張らないで! 私は、一日に何回も病院と家を往復しているのよ! 誰の親!」と怒ったが、夫は知らん顔している。長男も知らん顔しているが、学校へ行く時に、父親の座っている椅子を突然蹴飛ばし「行って来ま〜す」と元気に出て行った。私は、思わず笑ってしまった。夫は「何だよ～」と味噌汁を溢していた。

　夫は、お風呂から出て八時頃「仕事だ！」と言って出掛けて行ったが、次男も、父親の後ろ姿に「ば～か！」と言っている。「二人共～」と思ったが又、笑ってしまう。元気の出た私は、食事の片付けをし、洗濯物を干して掃除をし、次男を幼稚園に送って、いつもより早く病院へ行こうとしたのだ。今日は、何だか胸騒ぎがするので……。

　いつもより早い私に看護師さんが「体を拭いてあげましょうか？」と待っている間に、足が冷たくなっていたのでお湯で温めていた「あっ！　私がやりますから」と看護師さんが変わって下さった。「顔色悪いですね？　大丈夫ですか？」と聞かれ「大丈夫です」とは言ったがもう限界に来ている。私の体はフラフラだった。二人で姑の体の片側を拭いて洗った寝間着の袖を通し、ゴロ！　として反対側を拭き寝間着の袖を通した所で機械がピッピピッピッーピッピピッーと鳴った。ビックリして二人で姑を呼んだ。看護師さんがナースコールするのと同時にバタバタと看護師さん、先生が入って来た。何が起きたのか分からなかったが、先生が「呼吸していません！」と言う「お母さん！」と叫ぶ私。先生が「どうしますか？　喉を切開すれば呼吸は戻りますが本人もお嫁さんも又、苦しみますがどうしますか？」と聞かれ、私はどうして良いのか分からず動転していた。先生に「奥さん！　しっかりして下さい！」と言われ「ハッ！」とし「先生にお任せします」と答えたら「じゃ〜このまま静かに逝かせてあげましょう」と言った。私は涙が出て止まらない。「お母さん！」と言って泣いた。機械の音が「ピ・ピ・ピ」と心細く聞こえる。その後「ピー」と鳴った「お母さん！」と大声で呼んだ。看護師さんが機械を片付けている。先生が「十時。残念ですが、お亡くなりました」と言った。私は床に座り込んで泣いた。先生に「しっかりして下さい！　早くみなさんに連絡して下さい」と言われ「ハッ！」としてフラフラ歩き夫に電話したが留守番電話になっている。義弟に連絡し、伯母に連絡し、舅に連絡した。病室に戻ったら「外で待っていて下さい」と看護師さんに言われた。次男の幼稚園のお迎えが出来ないので、いつも預かって貰っている奥さんに電話をして頼んだ。「大丈夫？　私、行こうか？」と言われたが「有難う大丈夫。その内みんな来ると思うから。お願いします」と言ってついでに長男もお願いしておいた。姑は清拭をして頂き、旅立ちの支度をして貰っているようだ。皆に連絡したのに誰も来ない。一人病室に入った。姑は綺麗にして頂き、苦しんだ顔はしていない穏やかな顔をしていた。

急に看護師さんが「残ったオムツを持って帰って下さい」と言う。あれだけ「ないない」と言っていたのに沢山残っていた。私は「持って帰っても使う人がいないので置いて行きます」と言った。看護師さんが「霊安室に行きますから」と言われ付いて行った。先生も看護師さんも手を合わせて下さった。「有り難うございました」と頭を下げる。が、私はフラフラでそのまま倒れてしまった。先生に「何も食べていなかったんですか？　栄養注射しましょう」と霊安室の前に置いてある長椅子に横になり注射をしてもらう。暫くしたら元気になった気がする。姑が入院してから私の体重は十数キロ減って四十キロ位になってしまった。

まだ誰も来ない。夫とも連絡が取れない。あんなに騒いだ伯母も、車でなら三十分位で来られるのに！　一時間過ぎても来ない。舅がレンタカーで近所の人達を連れてやって来た。行楽にでも来たかのように。霊安室でガヤガヤと話し、椅子に座ってお菓子を食べている。さすがに看護師さんが「ここは、身内だけが入る所です！　出て下さい」と言われたら皆帰って行った、舅も。十二時頃やっと夫と連絡が取れた。「そうか！　死んだか！　じゃ〜もう少し仕事したら帰るワ」と言う。「何言ってるの！　今、霊安室にいるけど早く何とかして下さいって言われているのよ！」と怒った。「すぐ行く」と電話が切れた。やっと伯母が来た。「葬儀はどこでやるの？」と聞く「私が決める訳にはいきませんが、家でやると言ってました」と言ったら「皆、どこにいるの?」と聞く。「お義父さんは、もう帰りました。主人も義弟もまだ来ていません。この家族はどうなっているんですか?」と聞いてみたが、伯母は「決まったら電話して下さいね!」と言って帰ってしまった。手を合わせる事もなく……。私もこのまま帰ろうとした時、夫がやっと来た。「何やってるの! お母さんを早く病院から運ばなくちゃ」「弟は?」「知らないわよ! 私! 帰るから二人で決めてね」と言って帰ろうとしたら「待ってくれよ、一人にしないでくれ!」とだらしない言葉!

二時過ぎにやっと義弟が来た。連絡してすぐ来れば一時間位の所に住んでいるのに! 「今まで何してたの!」と怒った。「二人共お昼ご飯食べて来たでしょう! 口の廻りについているわよ! 親より食べる方が大事だった!」看護師さんから「早く搬出して下さい!」と怒られた。急いで専門家に頼み、実家へ行ってもらった。そして私は、子供の待っている家へタクシーで帰りの途中で「海苔巻」の美味しいお店へ寄ってもらい、子供達が好きなので買ってから帰った。その後、夫達がタクシーで来た。義弟も一緒だった。家に帰り子供を預かってもらっている奥さんの所へ行き礼を言って帰った。子供達が「どうしたの?」と聞く。何か変だなぁ~と思っているようだ。「おばあちゃんがね、亡くなったの」と話すと「えっ!」と言う顔で私を見た。長男は押し入に入って泣いている。次男は私から離れない。夫と義弟はコソコソと話、舅に電話をしている。私は知らん顔して少し海苔巻を食べてから、子供達の夕食の支度をし、お風呂を沸かしたり洗濯物を取り込み畳んだりしていたら、義弟が黙って帰って行った。「どうなったの？」と聞くと「明日、通夜で明後日告別式だ！ 俺は今から田舎へ行く」と言う。「ハァ〜」と気が抜けた声が出た。「荷物はどうするの？」と聞くと「俺の分は、俺が持って行く」「私達の荷物は？ 子供は？ 何考えてるの？」と怒った。「おやじが淋しいだろうと思って」「私達は？ 可哀想じゃ〜ないの？ おじいちゃんは今まで一人で暮らしていたじゃない！」と聞いてみたが、「明日、おやじの車で荷物取りに来るから」と言う。私は知らん顔して子供と三人でお風呂に入った。「じゃ〜行って来るから」と言っても返事はしなかった。腹立たしい！ 今まで何もしなかったのに、姑が亡くなったら私は蚊帳の外だ！ 私は今まで何をして来たのだろう。一人頑張ってやって来て、涙が出た。子供達が「お母さん大丈夫？ 僕達がお母さん守ってあげるから！」と言って泣いていた。「大丈夫！ ごめんね。お風呂から出たらご飯にしようね」と言って二人の子供の体を洗ってあげ、頭も洗ってあげた。何ヶ月振りだろうと思う気がする。二人の子供は「あ〜お母さんに洗って貰うと気持ち良いね」と言う。長男が「今度は、僕がお母さん洗ってあげる」と言って背中を洗ってくれた。ゴシゴシと……。「あ〜気持ち良い」と言って笑った。三人で大笑いした。お風呂から出ると私の実家へ電話したら「明日、直接あっちへ行くから」と言ってくれた。「お願いします」と言って三人で食事をした。洗濯機のスイッチを入れてから果物を食べて、二人共あれやこれやと学校であった事、幼稚園であった事を話している。「そう、そう〜あらあら」と相槌をしながら楽しく食べた。三人で並んで歯を磨き、私から離れない二人。「お母さ〜ん本読んで」と言う。「洗濯物干すまで待ってて」と言ってから又「一冊だけね」と言って本を読んであげた。まだ、八時を過ぎたばかりなのに、二人共気疲れしていたのかすぐ寝てしまった。私は、明日の準備をし、十二時頃布団に入ったが涙が出る。一人で泣きながら眠りに就いた。

目が覚めたら朝になっていた。急いで起きようとして「あっ！　そうか！　今日はもう病院へ行かなくて良いのだ！」と思いながら食事の支度をする。お茶を飲んでいたら、七時頃夫が車で帰って来た。お風呂に入り「朝飯、まだなんだ」と言うが、知らん顔して三人分しか作っていなかったので三人で食べていたが、夫は「俺の分は？」と聞くので「だって朝、こっちで食べるって聞いてないもん」「半分くれよ」と甘える。「御飯はあるでしょ」と言い、味噌汁を私の分を半分あげた。納豆を出し食べ始めたら「うまい！　うまい！」と食べている。「おじいちゃんは？　何食べているのかしら？」「知らねえ〜」冷たい返事。子供達に「食べ終わったら、お父さんに持って行ってもらう物を用意してね」「ハーイ」良い返事だ！　荷物をまとめて夫に渡す。夫は「家のお茶はうまいなぁ～」と言っている。「果物食べる?」と聞くと「食べる」と言うので、ぶどうを出した。「うまい！　うまい！」と食べている。子供達も急いでテーブルに着き食べて「うまい！　うまい！」と父親の真似をしている。つい笑ってしまい私も食べて「うまい！　うまい！」と言ったら皆で大笑いした。「コーヒー飲む?」と聞くと「飲む」と言うので急いで、コーヒーを立てて入れる。又「うまい！　うまい！」と言って飲んでいる。夫がこんな言葉を言うのは初めてだった。「お袋の写真あるかなぁ～」「あっちにだってあるでしょ?」「いや、あったかも知れないが、今頃おやじが部屋にあるゴチャゴチャした物燃やしているから。あの家は、ゴミ屋敷だったから全部燃やす事にしているんだ！」と何か怒っている風だった。アルバムから一枚姑の写真を出した。「サンキュー」と言って私達の荷物を車に運び入れ「乗って行く?」と聞かれたが「私の運転なら乗って行く」と言ったら「俺だって運転出来る！」と言っているので「一人で事故らないでね。私達はゆっくり電車で行きますから」と言って夫は出掛けて行った。夫は十八歳で免許を取得してから今まで二、三回しか運転した事がなく、怖い！　怖い！。夫の運転は、真っ直ぐ走れない。ジグザグ運転だ。私は、結婚するまで運転はしていたので自信はあった。

幼稚園と学校に連絡したら先生は「あ~だから元気なかったんですね」と言った。そうなのか~家では楽しそうにしていたけれど学校では元気なかったのか！「ごめんね」と心で謝った。

子供達は、ゲーム機を持って行って良いか聞いて来た。「持てるならね」と言うと「絶対持って行く」とゲーム機を袋に入れている。私は、お茶を飲んだ「何日振りだろうこんなにゆっくりお茶を飲むのは」と思いながら過ぎた日々を思い出していた。「ハッ！」として残りのご飯をおにぎりにして、洗濯物を部屋干ししてからバッグを手に三人で戸締りをして出掛けた。バスに乗り駅に着いた。これから二時間電車に揺られて行かなくてはならない。私はウトウト寝てしまった。やはり疲れはまだとれていないようだ。最寄駅に着いた。バスで行くつもりだったが、子供達が疲れた顔をしているのでタクシーで行った。気が重い！　どんな葬儀になるのか……。祭壇は、舅が寝ていた部屋にしてあった。そこら辺にあったゴチャゴチャしていた物がなくなり綺麗になっていた。廊下にあった物も全部焼いてしまったようだ。

葬儀の間の食事等は、近所の奥さん達がやって下さる事になっていた。「何だ！早く言ってくれれば、もっとゆっくり出来たのに！」と思いながら、お昼は出前にして、おにぎりも出した。隣が、公民館になっていたのでそこで食事をした。夜も、ここで寝る事になっていたので布団を運んで置いた。義弟達はまだ来ていない。四時頃、実家の母親と弟が車で来てくれた。「すいません」と言って荷物を受け取り部屋に置く。その後、義弟家族とお嫁さんの両親が車で来たが、父親は帰ってしまった。何も言わずに。義弟夫婦は、お客様気取りだ。

通夜の始まる前に、母親の着付けをして、私は洋装にした。通夜が始まると子供達もしんみりと座っている。分かるのかな? と思った。夫や義弟の仕事関係の方達が大勢来て下さり、盛大な通夜になった。

通夜も終わり、食事は公民館でやったのだが、いっぱい布団があって子供達がパジャマに着替え布団を敷いていた。それを見てお酒も入って大声で話していた人達が気を遣って早く帰って下さったので、私達も早目に床に就く事が出来た。私は疲れていたので早く横になりたかったのだが、布団が人数分なく義妹達は一人一枚で確保したが、私達は五人なのに三枚しかなく、弟に一枚、母親と長男で一枚、私と次男で一枚ずつにした。掛け布団もそうだった。十月の二十日過ぎなのに肌寒く私達は、毛布を一人一枚ずつ掛けて布団は三枚で寝た。義妹は、毛布が足りないとかグズグズ言っていたが、私は、もう考えるのが嫌になりサッサと寝てしまった。

目が覚めたら、朝になっていた。ぐっすり寝たので目覚めは良かった。まだ誰も起きていないので、そっと着替えているうちに、次々と起き始めたが朝食が何もない。そこへ夫も起きて来たので、義弟、舅の三人で「パン、買って来て、牛乳やコーヒーを人数分、少し多めにね」と頼み布団を片付けテーブルを出して待っていた。程なく帰って来た。いっぱいのパンと飲み物、それぞれ食べ始めた。いっぱいあったはずなのに、アッ！　と言う間になくなってしまった。私はまだ一個目を食べている所だった。子供に気を遣っているうちにそんな事になっていた。浅ましい人達だ！　私は夫に「一人何個の積りで買って来たの？」と聞いてみたら「一人、二個ずつで、少し多目にした積りだったけど？」と言うが、夫の前には、三個分の食べた袋があった。息子達に、私の残りをあげて我慢してもらう。「又、買ってこようか？」との声に知らん顔した。昨夜もろくに食べていない。今朝もパン一個の半分だけ……。今日一日体がもつかと心配になるが、たいして食べたくはなかった。食べ終わって片付けて、子供達と歯を磨き、化粧をした。鏡がないので手鏡だ。今日の喪服は着物にする積りだったが着替える所がない。母親と本家に行って場所を借りた。母親の髪をセットし着付けを先にやり、自分も髪をセットしてから着替えた。鏡を見ながら一人で着た。母親が「お太鼓が小さい」と言うが「私達は、背が低いから小さい方がバランスがいいのよ」と言って、礼を言い家に帰った。子供達には内緒で白いシャツ、ベストと半ズボンは黒、靴下も真っ白。寒い日の事も考えてカーディガンも黒にしておいた。靴は、長男が七五三の時近所から頂いたのと、小学一年の入学式に買った靴が二足あったのでそれを履かせる積りでいた。長男が着替え、弟の支度を手伝っていた「ありがとう」と長男の頭を撫でた。二人共緊張した顔をしている「笑顔に」と言ったら笑った。「そう、そう」と言って又笑う。支度が終わり、母屋に行った。

葬儀が始まった。私達は最前列にいた。子供達は、私の横にいる。私は涙が出た。二人で過ごした日々、姑は怒ってばかりで私をこき使い、意識のある時は毎日アイスクリームを食べたいと言って必ず一個目は「食べさせ方が悪い！」と私の手を叩いたが二個目からは黙って食べていた。あれは、病院で一人になり点滴をやっていて身動き出来ず、トイレも簡易式の物が部屋に置かれ、そこで用を足していた。嫌だったであろう。自由がなくなりそれを解消する為にあんな事をしたのだろう。そう思うと私は何かもっと出来たのではないか？　そんな事を考えていたら焼香の番が来た。子供と三人並んでやった。涙が止まらない。席に戻った時「お母さん泣かないで！　僕も涙が出ちゃうから」とシーンとした中で長男の声が響いた。次男が「泣いてる人いないよ！　お母さんだけだよ」と言った。そうなのだ、誰も泣いている人がいない。

最後のお別れにお花を姑の体の廻りにいっぱい置いている。棺に蓋がされ釘で打ちつけ家の中から外に出そうとした時私は、棺に抱きつき「お母さん！」と叫んで泣いた。子供のように。嫌々をした。此のまま外に出したらもう姑に会えなくなる。しがみついて泣いた。母親が「お前一人で看病して来たから分かるけど、もういいでしょ」と言う。「嫌だ！　嫌だ！　お母さん！」と泣いた。弟と母親に体を引っ張られた。「お母さん！」と言って涙が止まらない。母親の「しっかりしなさい！」と大きな声で「ハッ！」とした。此れから火葬場に行くのだ！　車に乗り、下を向いて泣いていた。後悔ばかりしていた。入院したのが九月のお彼岸の頃、亡くなったのは十月二十一日、姑の六十五歳の誕生日。亡くなる一日前に私に「ありがとう」と言った。「えっ！」と顔を見たが一回だけ……意識がないはずなのに？　早すぎる姑の死……。

火葬場で最後のお別れをし、「ガラガラ」と中へ入って行く。火が付き、終わるまでの間、みんな昼食を食べていた。食べながら笑っている。私は、そこにいる事が耐えられなかったので外に出て、煙突から出る煙を見ていた。姑が天国へ行かれますようにと祈った。上を向いて涙が又、出て来た。此れで良かったのだろうかと自問自答していた。子供達が私の所へ来て「あの煙何？」と聞いている。「あれは、おばあちゃんが天国に行く道だよ」と言ったら、二人して手を合わせ「おばあちゃんがちゃんと天国に行きますように」と祈っている。優しい子供達だと安堵した。夫は、近所の人達と話し、笑っている。何も看病しなかったから笑っていられるのだと思いながらも、みっともないと思い、側に行って「こんな時にヘラヘラ笑うのは止めて！　みっともない！　いかにも何もしなくて苦労しませんでしたと言っているようよ！」と怒った。「こんな時にヘラヘラしないでね！　恥ずかしい事よ！」と釘を差したが夫は何も分かっていない。舅も「やれやれ」と言う顔をしているし、義弟夫婦も二人で自分達の子供をあやしている。まだ一人目で可愛いのは分かるけれど。

火葬が終わった。出て来たお骨は少なく、骨壺にみんな入れてもいっぱいにはならなかった。その後、家に帰り初七日の法要を済ませ、お墓まで祭りのようにのぼりを持つ人、その後に夫が骨壺を持ち、私は遺影を持ち、義弟が生前使っていた器を持って歩いた。

子供達には「良い子で待っててね。帰ったら何でも好きなおもちゃ買ってあげるから」と母親に子供達を頼み、疲れた体で墓場まで歩いた。全部終わって帰るともう夕方になっていた。十月も半ばを過ぎると肌寒かった。余り食べていないからなのか？　今日の昼食は、何食べたっけ？　あっ！　そうだ、海苔巻といなりの折詰だったが、子供の分がなく私の分を二人に食べさせて、私は何も食べていなかったんだ〜と思い出す。子供達も、物足りな気だったが我慢してもらった。夫は、ガツガツと食べていたっけ。人数分以上あったはずなのに……。私達の事は何も見ていない夫に腹がたった。夫にいくつ注文したか聞いてみた。「誰かが二人分とったのだろう」と言っている。浅ましい人ばかり……。母親は「今日、帰る」と言う。弟の車で義弟のお嫁さんの母親を乗せて帰って行った。

夕食の精進落としは、母屋でやって貰い、私達は、急いで着替えて、用意してあった夕食を食べた。

もう二日もお風呂に入っていない。顔だけ洗って子供達と歯を磨き、今日は人数が減った分だけ布団はあったのでゆっくり休めた。舅と夫は母屋で手足を伸ばして寝ているのであろう。私達が窮屈な思いで寝ている事など分かってはいないだろう。考えてもいないだろう。

朝、目が覚めた。急いで起きて「あっ！ もう急がなくて良いんだ！」と思う。気が抜けたようで、ぽっかり心に穴が開いたような気がする。

朝食は、昨夜のおにぎりがいっぱい残っているし、おかずもいっぱいある。味噌汁だけ作っている時、義妹が「お姉さんすいません」と言って起きて来た。もう後は食べるだけになっている。皆バラバラと起きて来て、顔を洗い布団を片付けテーブルを並べて皆で食べた。

今日は、二日間お世話になった方達に昼食を振る舞わなければならない。それは「長男の嫁」である私の仕事だ！　私は、もうクタクタだったし、台所と言っても食器もないのでお寿司を注文しておいた。お茶を入れてから私達は、母屋で出前のラーメンを食べたが、もう疲れ過ぎてラーメンなのに喉に通らない。夫は何も感じず一人ズルズルと食べている。私が残したラーメンを夫は「もう、食べないのか？　俺にくれ！」と食べている。私の変化に気が付いていないのか？

お手伝いに来て下さった方達は、もう食べ終わったかと思い公民館の方へ行った。今日は、早く帰りたかったので早く片付けようと思っていたが、食べ終わって皆、足を投げ出してのんびりしている。寝転んでいる人等、のんびりおしゃべりしている。「今回は、色々有り難うございました」と手をついて頭を下げたら「大変だったわよね～人数が多くてね～」と嫌味を言う。「肩も凝るし、腰も痛いしね～」と愚痴を言っている。「申し訳ありませんでした」と又、頭を下げた。心の中では舅から「十万渡しておけば、二日間は足りるから」と聞いていたが通夜の日「ここの家は、香典をいっぱい貰っているョ！　十万じゃ足りないと言えばいくらでも出すよ！」と薄笑いしている所を見ていた。そして夫に「足りない」と何度も言って結局三十万以上貰っているはずだ。夫にそれを話しそれ以上は渡さなかったが、残ったお金は分け合ったのは分かっている。狡い人達だ！　だが私は「肩もみましょうか？」と言ったら「そうぉ〜やって貰おうかしら」と背中を向ける「私だって疲れているのに！」と思いながらも舅が一人残りご近所のお世話になるかも知れないと肩もみを買って出た。「上手ね〜楽になった。腰もやって貰おうかな？」と言う。一人終わると次々やって欲しいと言う。その内夫が「帰るぞう〜」の声がしたので肩もみは終わりにして礼を言い「今回、使った領収書ありますか？」と聞いてみたら「貰うの忘れてたわ」どこまでも汚い人達。後片付けをする。義弟夫婦は一人の子供を二人であやして庭をブラブラしながら「すいませ〜んお姉さん。私達まだ子供が小さいから手伝えなくて」いつもそればかりだ！「○○さんに抱いて貰って片付け手伝って貰えるかしら。私も疲れちゃって早く帰りたいから」と言ってみたら「そうですよね〜」と二人で後片付けをし、義弟達を先に帰って貰い私達も帰る準備をしていたら舅が「車、借りたから送って行く」と言う。「お義父さんも疲れているから……」と言うと「いや、大丈夫だ！」と言って送って貰った。子供達は、車に乗るとすぐ寝てしまったが、私もウトウトしていたら夫に「着いたぞ！」と起こされた。「あっ！　布団片付けて来るの忘れてた」と言ったら舅が「いいさ、片付けておくから、色々とご苦労さん」と言われた。舅からそんな言葉が出ると思わなかったのでビックリした。礼を言って部屋に帰ってすぐお湯を沸かし、お風呂の準備をし、お米を研いでスイッチを入れ、味噌汁を作っていたら夫が「一休みしてからにすれば」と言うが「休んだら、もう体が動かなくなちゃう！　あなた、やってくれる?」と言ってみたら黙っている。「お茶飲みたかったら自分でやって、お湯は新しいのに変えてあるから」と言って洗濯物を洗い、皆次々とお風呂に入って「あ～さっぱりした！」と出て来るので大笑いした。「あ～家族だ～」と思いながら冷凍にしてあるおかずで簡単に食事を済ませて果物を食べている時、急に次男が「あっ！　おもちゃ！」と言った。私も「あっ！　ごめん、今日はもうお店閉まっちゃったから明日、買いに行こうね」と言ったら渋々「うん！　明日、絶対ね」と言って指切りをした。「お兄ちゃんも、色々ありがとうね。明日学校から帰ったら一緒に行こうね」と言ったら「うん」と嬉しそうに二人、歯を磨いて「おやすみなさ～い」と言って布団に入った。

息子達は、朝晩歯を磨く事を毎日やらせていたので、今は上手に歯を磨いているので、今の所虫歯になった事がない。このまま大人になっても続けて欲しいと願っている。昼食後も磨いて欲しいが、それだけはやってくれない。私も虫歯は一本もないが、夫はいつも夜は磨かないので虫歯だらけの歯をしている。私も早く洗濯物を干して、歯を磨き布団に入った。夫はもう寝ていたが、この人私の事何も見ていないんだと思う。今夜も私は、食事が喉を通らず少ししか食べなかった事に……。自分さえ良ければいいと言う考えは変わらない。「あ～別れたい」と思う気持ちは、今も変わらない。後は子供達の事、辛い。

目が覚めたら又、朝だった。急いで起きようとして「あっ～もう良いんだ！」と重い体を起し、いつもの様に次男のお弁当を作り、朝食の支度をし、お茶を飲んでいたら子供達が「おはよう」と起きて来た。私は「もう、病院へ行かなくて良いんだ！」と思いながら四人で食事をしたが又、食べられない。どうしたのだろう？　二日、三日と経っても食べられない。二人の子供がいない間に医者へ行ったらすぐ胃の検査をしたが、何でもないと言われた「最近、何かありましたか？」と聞かれたので姑の話をしたら「それが原因でしょう。もう少しゆっくりして、のんびりしていれば治りますよ。気が抜けたんですよ。頑張り過ぎたから」と言われた。帰り道に近所の奥さんと会い「どうしたの？」と聞かれ「胃の検査して来たの。何も食べられなくてね～」「今日、お昼一緒に食べに行かない？　美味しい焼肉屋さん見つけたんだ！」と言う。気晴らしにと行ってみたら食欲の進みそうな匂いがする。お肉を焼いておしゃべりしながら食べた。「食べてるじゃ～ない！　今まで忙し過ぎて、急に亡くなってガックリしているだけよ」と言われ二人で笑った。「そうね！　そんなやわな体じゃ～ないはずだもんね」と言って……。

今は、十月下旬、今年は次男の七五三だったのだが、今は祝い事は出来ない。一階の所の長男さんは、羽織、袴で七五三をやったから「借り物だけど、着せて写真撮ろうよ」と言われたので、そうして記念になるかと？　本人は照れていた。でも、親としては少し安心出来た。思い出が可笑しくてその奥さんと大笑いした。

十一月には、マンションに引っ越しだ。あのマンションで姑を退院させ、家で看病しようと思っていたのに。だから三ＬＤＫと言っても一間が八畳と広いマンションにしておいたのに……。引っ越しは大変だったが、でも引っ越しで私の気分も少し楽になって来た。四階で景色も変わり。エレベーターはないので階段だけ、良い運動になったし気晴らしにもなった。

もう「嫁だ！」「姑だ！」とバトルがなくなったと思って少し楽しく過ごす事が出来初めていたが姑の亡くなった時、呼吸が止まり先生から「切開すれば呼吸が戻りますが？」と言われて、あの時どうしていいか分からず、そのままにしてしまい私が殺した気分になり、それがトラウマになり毎日苦しんでいた。あと何年、何十年トラウマと戦うのか？　自分が苦しくなる。誰にも話せず苦しんでいた。

ある日突然舅がやって来た。「一人で急に淋しくなった！　暫くこっちで暮らすから」と言う。そして「俺は、毎日晩酌するからな！　酒は日本酒だ！　つまみは、さしみで良い」と言う。何て我がままな！　そんなお金はない。これからマンションのローンの返済がある。

まだ、終わっていなかったのだ「嫁」と言う立場が。急に息苦しさを感じた。

仕事をしながらの家事又、負担な事が増えた。今度は、舅と嫁のバトルが始まった。

毎日「お義父さん、お風呂の用意出来ましたから入って下さい」と言うと、舅は「年寄に一番風呂か！　体に悪いんだぞ！」と言い返す。「今まで誰が、一番風呂に入っていたんですか？」と聞いたら「お〜怖い！　ここの嫁は！」と言いながら入っていた。夜、食事しながら「お義父さん！　年寄って言ったってまだ、六十四歳じゃ〜ないですか！　世の中では、その位の歳でも働いている人いっぱいいますよ」と言ったら舅は「ハイハイ」と言って早く飲んで、食べて寝てしまった。腹が立つ。

時々、夫が早く帰ってきて、舅と二人お酒を飲みながら騒いでいる。後片付けが中々終わらない。私を何だと思っているのだろう。

此れからも「妻」「嫁」の立場は変わらないのだ！
あ〜やっぱり、止めたい……。もう、「妻」と「嫁」を！

あとがき

この本を手に取って頂き有難うございます。

「嫁」「姑」の問題をテーマに私自身経験した事を書いてみました。昔も今もこの確執は、何とかならないものでしょうか?

姑が亡くなって後、舅が転がり込んで来ました。生活のリズムが合わず数ヶ月で帰ってしまいました。何かある度に呼びつけられ翻弄させられましたが、十一年前亡くなりました。この時は、舅の顔を見る事が出来ず、ただただ涙が出るだけでした。その姿を見た我が家のお嫁さんが涙したとか。「優しい嫁に出会えて良かった。」と思う今日この頃です。私は幸せ者です。夫とは喧嘩しながらも旅行に行って、好きな写真を撮り、額に入れ部屋に飾ったりと楽しんでいます。今も一緒に暮らしていますが。此れは幸せなのかと、自問自答しています。

著者プロフィール

T・M（てぃー・えむ）

1950年1月生まれ
東京都出身
専門学校卒業後、事務等今も仕事中
『女・・・と男』文芸社　2016年2月

あ〜下ろしたいな〜妻と嫁の看板を

2017年10月15日　初版第1刷発行

著　者　T・M
発行者　瓜谷 綱延
発行所　株式会社文芸社
〒160-0022　東京都新宿区新宿1−10−1
電話　03-5369-3060（代表）
03-5369-2299（販売）

印　刷　株式会社文芸社
製本所　株式会社本村

©T・M 2017 Printed in Japan
乱丁本・落丁本はお手数ですが小社販売部宛にお送りください。

送料小社負担にてお取り替えいたします。

本書の一部、あるいは全部を無断で複写・複製・転載・放映、データ配信することは、法律で認められた場合を除き、著作権の侵害となります。

ISBN978-4-286-18705-1